# Édipo Tirano

●●--

Sófocles

# Édipo Tirano

tradução e comentários
Leonardo Antunes

introdução
Breno Battistin Sebastiani

posfácio
Maria Homem

todavia

Édipo e seus enigmas
Breno Battistin Sebastiani  9
Sobre a tradução
Leonardo Antunes  23

Édipo Tirano  29

Comentários  119
Referências bibliográficas  147
Édipo: a encruzilhada fatal
Maria Homem  151
Agradecimentos do tradutor  171

*Ao Acaso,*
*único possível recipiente*
*desta história de incesto e patricídio*

# Édipo e seus enigmas

Breno Battistin Sebastiani

Quantos Édipos podem ser vistos na tragédia de Sófocles? Há muito a pergunta ingênua pelo "verdadeiro" Édipo sofocliano deu lugar ao exame dos modos de recepção da peça. De imediato, porém, pode-se imaginar que algumas respostas sejam bem conhecidas mesmo para aqueles que nunca leram a tragédia ou assistiram a uma performance. São respostas talvez já incorporadas a certa cultura pop contemporânea sobre o herói trágico, que vale a pena esquematizar brevemente.

A primeira é a do Édipo freudiano. A leitura de Freud acrescenta um elemento que não está nem no mito arcaico, nem na peça clássica: Édipo *deseja* matar o pai e unir-se à mãe. Trata-se de um modo de recepção legitimamente criador: em momento algum o desejo é parte da trajetória do herói, que antes parece tudo fazer, ou desencadear, de modo involuntário, como se cumprisse um destino havia muito assinalado – mesmo, ou sobretudo, quando reconhece na própria agência um fator fundamental. Por mais fecunda que a leitura freudiana possa ter sido para a psicanálise, ela falha, entretanto, como chave de interpretação da tragédia, por comprometer o entendimento de pelo menos dois de seus pontos cardeais: acrescentar a vontade (consciente ou não) é tirar de cena o acaso (*týkhe*) e a ironia dramática (os momentos em que o personagem enuncia, ou ouve, a própria verdade que procura sem se dar conta de estar cara a cara com ela) de quem cumpre um desígnio predeterminado e, ao mesmo tempo, no exercício da própria autonomia, sem que isso configure algum paradoxo.

Um segundo modo implica analogias com vários mitos gregos arcaicos de realeza e transmissão do poder ancestral, tendo todas elas por paradigma o da transmissão do poder sobre o *kósmos*. As linhagens divinas são apresentadas na *Teogonia* de Hesíodo, por exemplo, marcadas por atitudes muito similares às que pontuam a trajetória do rei tebano: Urano, Crono e Zeus castram e depõem (atitudes análogas a matar) os respectivos pais instruídos pelos vaticínios de Gaia (a Terra), fonte de todos os oráculos, para depois então se unirem a uma fêmea consanguínea, mãe ou irmã, de quem geram descendência. Essas narrativas preservam entre seus integrantes também as linhas mestras que desenharão o mitema de Édipo: uma criança é abandonada à própria sorte e, após enfrentar provações que a revelam aos parentes consanguíneos vivos, assume um trono que lhe cabia por direito. Contemporâneo de Sófocles, o historiador Heródoto preserva um mitema análogo na narrativa sobre a infância do rei Ciro da Pérsia.

Entre outros modos de recepção famosos, conta-se também o que enxerga em Édipo uma alegoria de Atenas. A peça teria sido encenada entre 429 e 425 a.C., quando a Guerra do Peloponeso (431-404 a.C.) ainda estava no início e Atenas vivia o auge de seu poderio imperial, a despeito da peste que vitimou boa parte da população, inclusive Péricles, em 429 a.C. A situação de Tebas no começo da peça, como descrita pelo Sacerdote (vv. 14-30), talvez espelhasse algo ainda muito pungente na memória dos concidadãos.

Outros modos que não raro se conjugam aos anteriores são, enfim, o que enxerga em Édipo um investigador (*hístor*) obcecado por descobrir a própria origem, quase um paradigma literário de historiadores ou filósofos contemporâneos de Sófocles; ou o que vê apenas uma edificante narração sobre um joguete impotente do destino enredado nas malhas intermináveis da discussão sobre crime e castigo: se teria ou não cometido um crime, se teria ou não sido (in)justamente punido etc. Todas essas leituras deram margem a diversos desdobramentos. Por sob todas essas abordagens, porém, uma única certeza parece cada vez mais vigorosa: Édipo é o próprio enigma que (não) resolveu. O animal quadrúpede, então bípede, então com três pés, é o ser humano; mas o que é o ser humano, ou melhor, um ser humano? Essa é a primeira das respostas que Édipo não soube, não pôde ou não quis dar. Os parágrafos que se seguem examinarão esse problema retomando alguns elementos das interpretações anteriores, sempre na tentativa de entrever algo da perplexidade que tal exame é capaz de suscitar ainda hoje.

A peça abunda em jogos de linguagem e sugestões alusivas a esse momento-chave; retomemos algumas das noções implícitas no próprio nome do herói e como elas constelam o problema. Tais jogos e alusões parecem todos indicar um único fim, o de descrever Édipo como paradigma de uma presumida condição humana que então se pensava poder apontar e analisar. Seu nome alude ao verbo *oidéo* (lit., "inchar"): composto com *poús* ("pé"), tem-se a explicação famosa, aventada na própria peça (vv. 718, 1034-5), da designação do rei a partir do ferimento provocado por Laio ou pelo servo. O jogo com os pés, por sua vez, é chave para a compreensão do enigma da Esfinge, embora a resposta de Édipo seja polivalente. Duas das versões são particularmente intrigantes: em uma, o futuro rei teria respondido *hoi dípous*, isto é, "os de dois pés, os bípedes", compreendendo-se a expressão como um sintagma formado por artigo e substantivo. Ocorre que o artigo, se pronunciado sem a aspiração, resulta em *oi dípous*, isto é, *Oidípous*, ou seja, o próprio Édipo! Na outra versão, o herói não teria dito nada, mas tão somente apontado para a própria cabeça, como que a significar: "eu, um ser humano qualquer". Nos dois casos, uma mesma percepção está em jogo: aquele que tem os pés feridos, que caminha com dificuldade sobre a terra, isto é, que enfrenta cada dia apoiando um pé num passado que não mais produz respostas convincentes, e outro num futuro que nunca se deixa entrever, que ser é esse, enfim, que condição é essa se não a de todos nós? E que condição é essa se não uma permanente terceira margem, sobretudo quando não se tem consciência ou se deseja negar o estar nela? Tal condição definiria, em suma, o problema do herói trágico, sempre a cavaleiro de dois mundos, portanto sempre em crise e na iminência de tombar.

Na mesma linha e desembocando no mesmo ponto, outro problema central na peça e igualmente inerente a essa condição é o da oscilação entre submissão a um desígnio divino (chamemos, por comodidade, de predestinação) e autonomia do agente (também por comodidade, designemos livre-arbítrio): como entender a condição humana se não como a permanente hesitação, ou negociação, entre as duas percepções? Édipo entrevê Apolo e suas próprias mãos; o que não vê, porque não se pode ver o não ser e a ausência, ainda que condicionantes, é o nada central, a *týkhe* que denomina toda essa soma de ausências. Para esclarecer esse ponto e compreender sua importância na peça, porém, é preciso retomar alguns marcos referenciais.

O que faz um homem fazer o que faz, querer o que quer, viver o que vive? Se começarmos a puxar o fio dessa meada, talvez se mostrem outras tantas questões tão férteis quanto interconectadas. Édipo só arrisca uma resposta após se dar conta de quem era (vv. 1329-31):

> Apolo, ó irmão! Apolo que o fez,
> que males fez dos males meus, que fez a dor, a minha dor!
> E a própria mão que o fez foi não
> alheia, mas minha!

Antes que uma acusação de culpa, a fala vale uma biografia, ou a exposição de uma visão de mundo. Começa considerando Apolo o responsável por seu destino, termina concluindo por sua própria agência, dele, Édipo. Bem ao centro do verso grego, porém, uma constatação perturbadora: "não alheia" (no original, *oútis*, "ninguém"). Édipo sugere que seu destino decorre da tripla ação de Apolo, dele próprio e... de ninguém, do nada! No exato instante em que Édipo o anuncia, o herói se encontra em uma situação perturbadora e atroz, para dizer o mínimo. Como então compreender esse vazio, e o que ele implica para a presente leitura da peça?

Diferentemente de Hamlet, obrigado a escolher entre *ser ou silenciar*, a essa altura da peça Édipo se sabe *vivo e completamente aniquilado ao mesmo tempo*, agente autônomo *e* vítima do destino, a ponto de desejar lacrar-se por completo para o mundo. Não cogita disjunções nem contraposições, mas é ele próprio toda a soma de fatores aparentemente inconciliáveis. Se para nossa sensibilidade ocidental, ansiosa por distinções analíticas e excludentes, já é um desafio e tanto compreender essa mistura de sabor heraclitiano, como entender então a negação bem ao centro do verso grego, sobretudo numa peça em que a *týkhe* (o acaso, a total ausência de explicação possível, o não agente por excelência) se faz (in)visível da primeira à última linha? Como, enfim, falar de algo que não é, que não age e, justamente por isso, define o personagem e orienta toda a trama? Talvez só haja um modo: compreendendo que Édipo – ou o ser humano que ele não soube definir – é uma terceira margem entre um eventual além e um definitivo aqui e agora, entre a certeza inalcançável e o erro manifesto. Mas por que enxergá-lo assim, nesse não lugar (*utopia*) tão atordoante quanto incontornável? O que, um pouco mais exatamente, se for possível, tudo isso significa? O contraste com um personagem coetâneo talvez possa trazer alguma luz.

Quando Sócrates recebe a mensagem do amigo Querefonte segundo a qual ele, Sócrates, seria o mais sábio dos homens no dizer do oráculo de Delfos, sua reação imediata não é nem de alegria, nem de pavor, mas reflexiva: "O que está dizendo a divindade? Por que o enigma?". Sócrates questiona, examina, não aceita nem refuta, tampouco presume saber de imediato o que foi sinalizado por Apolo. Despende muito tempo em meditação, questiona diversas pessoas e a si mesmo, por fim, e só então conclui pela veracidade do vaticínio e pela missão nele implicada.

A reação de Édipo é muito diferente, se não diametralmente oposta. Em vez de questionar, reage de modo passional, precipitado, e comete "a" falha essencial (*hamartía*), raiz e matriz de toda a sequência de seus erros. Quando Édipo ouve de um bêbado, no palácio em Corinto, que ele era filho bastardo, parte para consultar o oráculo em busca de saber quem são seus pais. Ante a resposta famosa – "matarás teu pai e dormirás com tua mãe" – se apavora e foge para nunca mais retornar à cidade, certo de que a divindade se referia a Pólibo e Mérope, o casal real de Corinto que o criara. Édipo *presume* saber. Desse erro primeiro e revelador, dessa *presunção* fundadora motivada pelo horror instintivo, não refletido, decorrem todos os demais. Em uma sequência espantosamente rápida, uma vez que mal havia deixado o oráculo, mata todos os integrantes da comitiva na trifurcação de estradas, logo depois soluciona o enigma da Esfinge e se casa com a rainha viúva. Édipo fala e age, mas não questiona nem se dá conta de como suas atitudes impulsivas o levam precisamente a cumprir o vaticínio.

Não poderia haver diferença mais reveladora entre os dois personagens, Sócrates e Édipo. Aquele para e pensa, medita fundamente, investiga a todos e não menos a si mesmo. Dito de outro modo: Sócrates encara o oráculo, as demais pessoas e os próprios olhos, para só então decidir-se. Ao fazê-lo, alcança o subsolo mais fundo de *alétheia* (a noção grega que traduzimos algo rápido demais por "verdade"): a que define a coerência consigo próprio. Édipo, ao contrário, vira de imediato as costas ao deus, foge sem fazer a tão urgente segunda pergunta (o pedido de esclarecimento socrático), por isso continua sem saber quem é. A tragédia discutirá precisamente essa situação, a do homem que muito alcançou porque bafejado pelo acaso, e por isso não está seguro de nada, porque lhe falta o chão das próprias convicções. Metaforicamente coxo como o avô Lábdaco (lit., o lambda, "cambaio"), sinistro ou gauche como o pai Laio (lit., "esquerdo"), de pés inchados (*oidéo*), Édipo se equilibra com dificuldade no mundo, sempre a meio caminho entre certezas esquivas e ameaças que pressente em tudo e todos.

Como momento dramático para performar a ação unificante da peça, Sófocles escolhe precisamente o auge do poderio do herói: havia muito reinando, casado e pai de quatro filhos com a rainha, Édipo tem de enfrentar uma crise terrível, a peste que assola a cidade e provoca mortandade e sofrimentos generalizados. Empenhado em prestar todo auxílio, despacha a Delfos o cunhado Creonte, que traz do oráculo a resposta contundente: "eliminar a mácula nutrida aqui" (v. 97), isto é, o assassino do antigo rei Laio. Trata-se, a princípio, de uma questão estritamente política ainda em aberto.

A investigação prossegue sem perda de tempo: Édipo debate com o cunhado sobre quem, ou quais, poderia(m) ter sido o(s) assassino(s), e logo a seguir, num monólogo repleto de ironias trágicas, se entrega totalmente à causa (vv. 132-46). Então o coro de anciãos tebanos, tão preocupado quanto o rei, após extensa e pungente súplica (vv. 151-215), faz nova sugestão: consultar Tirésias, o vate cego inspirado por Apolo. Como rei sagaz, Édipo informa que já o havia mandado chamar. E a tensão cresce: é sua segunda consulta a Apolo. Cônscio de suas obrigações e cada vez mais ansioso por blindar o próprio poder, o rei decreta quais seriam as punições para o(s) assassino(s) e as recompensas para quem o(s) revelasse.

O sábio chega, mas de imediato se arrepende. Reluta em falar e pede para retirar-se. Quem *sabe* quem é Édipo e *antevê* as implicações futuras de seus atos passados não quer proximidade e o rechaça. O padrão se repetirá ainda em outros dois momentos capitais. Então contra um Édipo que suplica e ameaça, Tirésias profere a sentença que ecoará, cada vez mais prenhe de sentidos, por toda a primeira parte da tragédia: "Todos não entendeis" (v. 328). Sentindo-se diretamente atingido em seu poder pela recusa, Édipo suspeita de conspiração envolvendo Tirésias e o cunhado, e sem hesitar ofende e ataca o vate-Apolo, novamente *pressupondo* entender o alcance do que acabara de ouvir. Só então, constrangido pela agressão que o obriga a delimitar sua esfera de poder análoga à do rei, Tirésias fala. Mas a verdade que profere é tão chocante, tão nítida e por isso tão aterradora, que Édipo, cada vez menos rei e mais tirano, não pode aceitá-la. Maior ironia trágica do que trazer no nome o saber (*oîda*, lit., "ver na mente") sem dar-se conta do tanto que não sabe, não há. Não por acaso, abundam as menções e metáforas associadas à visão e ao saber dela advindo. Toda a verdade está, literalmente, face a face com Édipo, mas ele não tem como se aperceber dela: faltam as demonstrações e provas. A voz do mito e do passado não basta mais: é preciso o argumento comprovado e lógico que só a investigação pode fornecer. Desesperado, sem poder endossar a postura do tirano – e ofender Apolo – nem acatar totalmente o vaticínio – e indispor-se gravemente contra o rei –, o coro hesita, perplexo.

Cada vez mais aferrado à estrita razão de Estado, Édipo acusa Creonte, e por pouco não chegam às vias de fato, não fosse a intercessão de Jocasta, que chega *casualmente*, incomodada com o vozerio. Após interceder pelo irmão, *do nada e igualmente sem poder agir de outro modo*, a rainha faz a pergunta fatídica: quer "Saber que acaso aconteceu" (v. 680). Para que a um só tempo alivie a angústia do marido e salve a pele do irmão inocente, Jocasta desqualifica friamente vates, vaticínios e o próprio Apolo, alegando que Laio fora morto por forasteiros. De passagem, e sem que a fala faça eco imediato, alude ao oráculo recebido pelo ex-marido, garantindo que a morte do filho teria frustrado Apolo (vv. 717-22). Mas algo *subitamente* perturba Édipo na fala da esposa: a morte de Laio no ponto de junção das três vias. E a investigação se desdobra: Édipo começa a cogitar a possibilidade de ter sido ele mesmo o assassino do antigo rei Laio – o que até então seria apenas um crime político, já que nada a princípio o leva a considerar maiores vínculos. O que também não deixa de ser terrivelmente irônico: Édipo, que tanto *pressupôs*, é incapaz de fazê-lo mais uma vez, justo nesse instante em que poderia entrever uma hipótese tão esclarecedora. Ante a confirmação da aparência do antigo rei pela viúva e a menção a uma testemunha ocular que pedira para viver afastada de Tebas quando ele assumiu o reino (mais um, portanto, que dele se afasta, porque sabe), Édipo experimenta um primeiro autorreconhecimento: talvez fora ele próprio o assassino do antigo rei, portanto a mácula a ser eliminada. De seu ponto de vista todo o problema é estritamente político: a necessidade de expiar um assassinato e, assim, legitimar a ocupação do trono. Em momento algum cogita a equação rei = pai: ainda falta um indício-chave que a revele. Édipo desabafa relatando sua trajetória até ali, plena de acasos (*týkhe*) e *suposições*. Antevê a possibilidade de ter sido o assassino, o que o atormenta, mas sem que nada possa levá-lo a imaginar ser ele próprio o filho assassino. Como um sofista ladino e implacável, Jocasta o tranquiliza, garantindo a ineficácia de Apolo. A sentença de Tirésias reverbera cada vez mais acusatória: "Todos não entendeis". No ápice da tensão, o coro acusa o problema político, sem deixar de sinalizar a questão mais funda, ético-existencial e pejada de sugestões ameaçadoras: "Híbris produz o tirano" (v. 872). A angústia do coro só não é maior que o transtorno do rei, que leva Jocasta a pedir socorro ao mesmo Apolo que acabara de desacreditar.

Numa tragédia em que o acaso é parte essencial, eis que chega de Corinto um personagem decisivo, portador de novas revelações. Sem ter sido chamado, e alcançando Édipo precisamente num momento de enorme angústia, chega o mensageiro anunciando a morte do rei até então tido por pai de Édipo. Alívio imediato, mas por pouco tempo. Jocasta chega mesmo a zombar do divino, e Édipo quase se convence, embora jamais perca de vista a frieza necessária para conservar o próprio poder: "se minha mãe não mais vivesse" (v. 985). Como "todos não entendeis", então o mensageiro faz *do nada, por mera curiosidade, intrometendo-se* em conversa alheia, agindo como se fora um lance da *týkhe*, a pergunta decisiva: "Mas que mulher é essa de que tu tens medo?" (v. 989).

A investigação ganha novo desdobramento. Assegura ao mensageiro que jamais o verá em Corinto, pois que a mulher seria Mérope. Então o mensageiro replica, sem imaginar o quanto reverbera Tirésias ao mesmo tempo que, cúmulo da ironia, define o próprio rei: "vê-se que não sabes o que fazes" (v. 1008). As revelações se acumulam rapidamente, todas vindas da boca de uma testemunha ocular do passado de Édipo, passado recuado quase até seu nascimento: não era da estirpe de Pólibo, fora um bebê achado no Citéron e salvo por este mesmo mensageiro, que o recebeu das mãos de um pastor, antigo servidor de Laio cuja identidade é atestada pelo coro, que tem a mesma idade do recém-chegado. Numa sucessão avassaladora de revelações, Édipo fica sabendo, em segundos e como que *por acaso*, quase tudo o que desconhecia desse seu passado, e que deixara de perguntar ao oráculo. Jocasta, porém, ouviu mais do que precisava: implora ao marido – que já sabe filho! – que pare a busca, e se retira para não mais reaparecer. Pela terceira vez, quem *sabe* quem é Édipo se afasta. Desesperado por solucionar o enigma – o de sua origem, ainda supostamente associada à mácula, pois falta um único indício para poder se dar conta da amplitude dos gestos e falas alheias –, o rei julga que a esposa se atormenta por causa de sua suposta baixa linhagem. Dando-lhe as costas, enfurecido, dispara (vv. 1080-2):

> eu próprio, que julgo ser filho do Acaso
> rico em presentes, não terei desonra alguma.
> Essa é a mãe de quem nasci.

Sem nenhum paradoxo, mal pode imaginar que tamanha verdade-ironia enuncia a um só tempo – o quanto se revela sem saber nem sequer, desta vez, presumir!

Trazido à força à presença do rei, o servo tem a identidade confirmada duplamente, pelo coro e pelo mensageiro: é de fato o antigo pastor servidor de Laio, isto é, a testemunha-chave da origem de Édipo. A situação do rei nesse exato instante: absolutamente sozinho entre dois escravos – para um grego, dois modos de um mesmo nada –, a reboque da voz desse nada que o envolve, completamente entregue à teia de *anánke* (necessidade inescapável) tecida pela *týkhe*. A *historía* (investigação) do rei prossegue implacável, sempre lúcida como convém a um líder cioso e eficaz no auge do poder. E as confirmações-revelações se sucedem: o homem trabalhava nas imediações do Citéron, conviveu por três estações com o mensageiro, que reitera a afirmação, novamente imiscuindo-se na conversa alheia como que *por acaso*. Por fim, o servo é forçado a reconhecer que entregara a esse mesmo mensageiro uma criança nascida no palácio. Após suplicar diversas vezes ao rei para que suste a busca, só pode constatar: "Estou prestes a dizer o horror!" (v. 1169), ao que Édipo replica e se agiganta, seja porque, agora, *sabe*, seja porque ainda carece da prova decisiva, *ouvindo* de quem *viu*: "E eu de ouvi-lo, mas mesmo assim preciso ouvir" (v. 1170). E então o príncipe dá lugar ao caniço pensante, e desaba como o meio entre nada e tudo: Édipo se (auto)reconhece, se desvela a si mesmo – verdade em grego é *alétheia*, "desvelamento". Morre o Édipo tirano e nasce triplo erro (vv. 1184-5). O coro sentencia (vv. 1194-5):

> Tenho a ti como exemplo a mim
> por teu nume, esse nume teu, Édipo, sofredor: mortais jamais
> [são felizes.

Os anciãos definem Édipo como *parádeigma*, isto é, como exemplo. Vale a pena questionar um minuto, socraticamente: o que seria um exemplo? E exemplo de quê? Paradigma define o âmbito em cujo interior se fala de muitas coisas até que se comece a dar conta do que seja esse âmbito, ou essa moldura tridimensional, senão mesmo tetra (inclua-se a passagem do tempo). Édipo, por outras palavras, se torna moldura para a condição dos mortais, isto é, seu sofrimento e condição delimitam os fins de todas as ações humanas. Também Sócrates fará de si mesmo paradigma de compreensão do valor nulo da *sophía* humana. Ambas as trajetórias, até porque diametralmente distintas, apontam fins que seriam válidos para todos os mortais: plenitude de horror e desgraça, num caso; lucidez ante o vazio do saber, no outro. No meio, resta a terceira margem em que talvez se entreveja um pouco de cada um ou nada de nenhum dos dois.

O que acontece a seguir não é menos horrendo ou paradoxal, mas apenas decorrência de um saber que se expande e confirma. Quem *sabe* quem é Édipo se afasta; mas como fugir de si mesmo? Onde buscar refúgio contra o horror não apenas visível como em si encarnado? O arauto do palácio narra o suicídio de Jocasta (cenas sangrentas não eram performadas, somente narradas), mas, entre muitos elementos que chocam na cena, um é peculiar: a paródia macabra de uma relação do casal (vv. 1252-79). Num relato repleto de alusões de cunho sexual, Édipo desce o corpo estrangulado e, tomando os fechos pontiagudos das vestes da mãe, vaza os próprios olhos. Notem-se as inversões que desenham um Édipo sempre mais Dioniso: ele se penetra com algo pontiagudo que era dela, numa mistura-inversão de papéis que, não por acaso, também marca a conclusão do relato do arauto, a mesclar fortuna e desgraça (vv. 1282-5) como já entrevisto pelo próprio Édipo no início da peça (vv. 145-6). Édipo se faz Dioniso em seu próprio *sparagmós* (esquartejamento, mutilação). E não é tudo: para o espectador está reservado ainda outro lance genial do dramaturgo, talvez o mais sublime e impactante entre tantos que se prestam ao posto: para *conhecer*, para *saber*, como implica o verbo *oîda* e a prática da *historía* que dele deriva, não basta ouvir de quem viu; é preciso *ver com os próprios olhos*. Pois é exatamente o que ocorre na sequência: um Édipo a despenhar-se no próprio abismo adentra a cena. Enquanto o vemos, o grito apavorante do coro reverbera o horror em nossos próprios olhos. É o começo do segundo *kommós* (vv. 1297-1366), princípio do fim:

> Ó, terrível de ver, aflição dos mortais!
> Mais terrível de todos, de quantos já vi,
> qual loucura que veio até ti, sofredor?
> Qual o nume que deu esse salto maior
> que a mais longa distância que um homem já viu
> e tombou no tristíssimo lote que tens?
> Ai de ti, miserável, olhar para ti
> não consigo, por mais que haja tanto a inquirir,
> que haja tanto a se ouvir, que haja tanto a se ver!
> É tamanho o terror que ofereces a mim!

Édipo, que investigou a si mesmo como Heráclito e Sócrates, que acaba de (não) encarar e (re)conhecer a si mesmo, se arrasta cego pela cena, desejoso de lacrar-se por completo se pudesse (vv. 1386-90), morto-vivo, macho-fêmea dionisiacamente aniquilado, privado da vista, do poder, do pai, da mãe-esposa, dos filhos-irmãos, do cunhado-tio, de todo paradigma. Absolutamente sozinho, agora é o legítimo filho da *týkhe*, como ele próprio entrevira, esse abismo-*týkhe*-nada escancarado, "tríplices caminhos" (v. 1399) apontados numa mesma sua direção, (in)explicáveis como o enigma que (não) soube resolver. Um Édipo, enfim, diametralmente oposto àquele que conhecemos no início da peça. Ao mesmo tempo, um Édipo que continua humano: se não alcançou a plenitude da *alétheia*-coerência de Sócrates – cegar-se é resolver-se ou fugir? Ou ambos? Ou nenhum? –, ao menos de algum modo renasceu e parte para nova travessia. Como todos nós. Como sempre.

# Sobre a tradução

## Leonardo Antunes

Verter mais uma vez para o português uma peça já tão traduzida como o *Édipo Tirano* envolve uma quantidade considerável de problemas, a começar pela própria justificativa de empreender a tarefa. Já não estariam resolvidos os problemas da peça? As muitas e variadas traduções, tanto em prosa como em verso, já não ofereceriam um panorama suficiente do texto? Qual aspecto ainda não teria sido explorado?

Julgo que a melhor forma de responder a essas questões parta, em princípio, de um posicionamento filosófico em relação à tarefa de tradução. Não creio que traduzir literatura seja criar uma relação determinística de reprodução de um conteúdo e de uma forma de uma língua para outra, mas, antes, um esforço dialético de se estabelecer possibilidades de (re)-significação e *derivação estética*.[*]

Para assentar bases teóricas seguras nesse sentido, é importante ter em mente o trabalho de Umberto Eco. Ainda que o teórico italiano tenha escrito a respeito de tradução em seu livro *Quase a mesma coisa*, considero que seu trabalho anterior, *Obra aberta*, já estabeleça um dos pontos de vista fundamentais

---

[*] As ideias de Haroldo de Campos (2013) de tradução como criação e crítica, a meu ver, oferecem um ponto de partida fundamental para uma compreensão do trabalho do tradutor. Ademais, emprego aqui o conceito "derivação estética" pela acepção do primeiro termo, que pode significar tanto "alterar o rumo, desviar", como também "ter origem em": a tradução me parece ser a combinação dessas duas coisas.

para a criação de uma práxis tradutora não determinística: a ideia de que a obra de arte possui uma abertura e um sentido não previamente definidos e intencionados pelo autor, e sim construídos dialeticamente no contato do leitor com a obra.

Se a obra de arte não é sequer igual a si mesma (no sentido de que não pode ser acessada exatamente da mesma forma por pessoas diferentes, visto que criarão leituras distintas a partir das relações que tecerão entre os elementos da obra e suas referências próprias), como a tradução seria capaz, ela própria, de ser fiel? A qualquer um que o conceito de *obra aberta* pareça acertado, a noção de uma tradução fiel nem mesmo deveria ser um problema a ser tratado: é, a priori, absurda.

A partir dessa perspectiva, por outro lado, podemos começar a criar uma noção de acúmulo de significações: cada leitura, cada análise, cada tradução de uma obra de arte contribui para uma coletânea de possibilidades de significação. A *Ilíada*, para nós, não é mais apenas o texto grego de Homero (em suas tantas edições do texto grego, diferentes já entre si no texto de partida): ela é também um acúmulo de leituras que vêm desde os próprios gregos antigos, passando pelas primeiras traduções e resumos latinos, os escólios alexandrinos, as interpretações dos filósofos neoplatônicos e cristãos, as primeiras traduções para as línguas modernas, as muitas experiências tradutórias que se seguiram desde o romantismo, culminando em adaptações e transcriações ousadas como as de Christopher Logue.

Entendendo a tradução como parte desse esforço de ressignificação constante das obras de arte, é bastante simples justificar a existência de mais e mais traduções de textos consagrados: não só é natural, mas extremamente benéfico que ocorram; fazem parte de uma ampliação de nosso tesouro de (re)leituras.

Dito isso, a justificativa mais pontual para a tradução que proponho é a de fazer uma recriação radical, em português, do ritmo dos coros em grego, almejando uma performance musical quando a peça (com sorte) vier a ser encenada.* Esse duplo propósito, rítmico e musical, cria uma relação de apoio mútuo: queremos que o texto traduzido reproduza certo ritmo do texto grego; para isso, a música serve de suporte para que o português se adapte a uma prosódia que não lhe é própria na fala cotidiana, mas pode ser induzida pela melodia da música. Assim, ainda que, em português, a fala cotidiana não observe a distinção entre sílabas longas e breves do grego, isso se torna algo passível de ser reproduzido dentro de uma pauta musical.**

A recriação do ritmo dos coros não serve apenas a um propósito musical, mas também trabalha para a construção de uma experiência de alteridade, que se acentua ainda pelas variações de nomes ("Pitó", em vez de "Pito"; "Citerão", em vez de "Citéron"), neologismos ("auritrançadas", "desfeliz", "pluridourada" etc.) e quebras sintáticas. Esses expedientes emulam aspectos estilísticos do texto grego. Além de questões particulares da poética grega e sofocleana, é preciso também considerar que os coros da tragédia antiga eram compostos e cantados em dialeto dórico, e não no dialeto ático empregado nas falas dos personagens e no dia a dia dos atenienses. A lírica

---

\* As bases desse trabalho vêm sendo construídas desde meu mestrado (2009), em que empreendi recriações rítmicas da poesia lírica e elegíaca grega; depois, no doutorado (2013), quando apliquei o mesmo propósito nas "Odes Píticas" de Píndaro; por fim, na série de artigos que tenho publicado a respeito da tradução rítmica e (às vezes) musical de Anacreonte e das *Anacreônticas* (2014b, 2016, 2017), de tradução poética de Safo (2014a) e de tradução rítmica dos *Hinos Homéricos* (2015). De modo mais consolidado, recomendo principalmente o recente livro de Gonçalves e Gontijo Flores (2017), que expõe o trabalho de mesmo viés que os dois professores da Universidade Federal do Paraná (UFPR) realizam junto do grupo musical Pecora Loca.
\*\* Exemplos, inclusive de coros do *Édipo Tirano*, podem ser ouvidos em <http://tinyurl.com/poesiagrega>.

coral, para os próprios atenienses, também era, em medida considerável, uma experiência de alteridade.

Devido à dificuldade em dividir os versos dos coros, o leitor perceberá que a numeração das linhas, nessas passagens, parece um pouco caótica. Ainda que tenha adotado a edição de Storr, em algumas partes dos coros assimilei sugestões de organização propostas por Dawe, que, apesar das mudanças que faz, mantém a numeração canônica.

Nos versos falados, vali-me do dodecassílabo vernáculo, que possui extensão semelhante à do trímetro jâmbico grego. Procurei fazer versos predominantemente jâmbicos, de modo a acentuar a semelhança entre esses dois metros, mas permiti-me anapestos no primeiro hemistíquio (e apenas muito raramente no segundo). Outra peculiaridade do dodecassílabo que empreguei aqui é o de que faço contar na escansão a última sílaba de palavras proparoxítonas em final de verso, como no terceiro verso da peça: "trazendo por coroas ramos súplices?". Pela metrificação tradicional, de Castilho (1874), consideraríamos que esse é um verso de dez sílabas, sendo a sílaba "sú", de "súplices", a última a ser computada. Entretanto, conforme dito, considero que esse é um dodecassílabo. Nos trechos falados, essa é a única forma pela qual me permito empregar proparoxítona em final de verso.

Para além dos problemas métricos, desde o início da tradução, debati-me com outro problema: como traduzir τύραννος, termo que aparece já desde o título da peça. A palavra "tirano", em português, não tem a mesma conotação da palavra τύραννος em grego: τύραννος é aquele que sobe ao poder não por voto nem por sucessão hereditária legítima, mas por um golpe. Se será benevolente ou terrível, é irrelevante a seu estatuto de τύραννος.

A opção canônica é traduzir τύραννος por "rei", e o nome da peça, portanto, por *Édipo Rei*, mas isso apaga um problema inerente à própria peça e discutido nela: o do estatuto do poder de Édipo, que é chamado por vários títulos pelos personagens, dependendo do momento e da afinidade com o protagonista. Édipo só será chamado de βασιλεύς ("rei") pelo coro depois que ele é revelado ser filho de Laio.

Outra opção, que cogitei inicialmente, era a de esquivar--me do problema, chamando-a apenas de *Édipo*, e, ao longo da peça, traduzindo τύραννος por "soberano", "monarca" ou algo assim mais neutro. Porém, isso também apaga o caráter precário do poder de Édipo, mantido não por prerrogativas legais, mas por força de sua inteligência.

Depois de toda essa volta pelas possibilidades, decidi que era melhor manter "tirano" simplesmente, que, se não tem de imediato a acepção ideal, ao menos chama a atenção para o problema do que seja um tirano. No livro, isso se resolve de modo mais ou menos fácil com esta nota. Numa encenação, talvez se pudesse projetar a nota antes do início ou incluí-la no livreto a ser entregue à plateia.

Por fim, procurei reproduzir dificuldades sintáticas e semânticas na medida em que as notei no texto grego, evitando hipérbatos e outras quebras no fluxo do texto quando isso não me parecia contribuir para a construção de sentido(s). Fora isso, dei especial atenção ao ordenamento das palavras na constituição do fluxo do texto, às articulações de sentido causadas por enjambements e outros expedientes formais que abordo mais minuciosamente nos comentários finais.

# Édipo Tirano

DRAMATIS PERSONÆ:

ÉDIPO, tirano de Tebas
SACERDOTE de Zeus
CREONTE, irmão de Jocasta
TIRÉSIAS, o adivinho
JOCASTA, esposa de Édipo
MENSAGEIRO, vindo de Corinto
SERVO
ARAUTO
CORO de suplicantes

CENA: exterior do palácio de Tebas

**ÉDIPO**

Filhos de Cadmo ancião, recente prole,
por que vós vos lançais perante mim, prostrados,
trazendo por coroas ramos súplices?
A pólis súbito preenche-se de incenso;
5   súbito há gritos de peã pedindo cura.
Julguei que não devia por relatos, filhos,
alheios informar-me. Logo eu próprio venho:
o célebre entre todos, Édipo me chamam.
Mas fala-me, ancião, pois é-te apropriado
10  falar diante desses: como vos prostrais?
Por medo ou por desejo? Confiai que quero
dar todo o meu auxílio, pois que impiedoso
seria sem me apiedar de tal postura.

**SACERDOTE**

Regente Édipo, senhor da minha terra,
15  tu vês a nossa idade, dos que nos prostramos
em teus altares: uns ainda não têm força
para voar; num outro, pesa-lhe a velhice,
sacerdote de Zeus que sou. Esses são jovens,
escolhidos. De resto, o povo, com guirlandas,
20  se senta pelas praças junto aos duplos templos

       de Palas, sobre as cinzas mânticas do Ismênio,
       pois a cidade, como vês, demasiado
       já se abala: nem pode mais erguer a fronte
       das profundezas de uma revolvente morte.
25     Fenece junto à flor dos frutos pelo chão;
       fenece junto ao gado novo no rebanho
       e aos filhos natimortos. Foi o deus do fogo
       que a trouxe, peste horribilíssima, à cidade.
       Ele esvazia a casa cadmeia e o breu
30     do Hades com gemido e lágrima enriquece.
       Não é por igualar-te agora aos deuses que eu
       e esses meninos nos prostramos no teu lar,
       mas, sim, por te julgarmos príncipe entre os homens
       nos eventos da vida e no tratar com deuses.
35     Chegando, libertaste a pólis cadmeia
       da dura aeda a quem pagávamos tributo.
       Assim fizeste sem saberes mais que nós
       nem seres ensinado, mas com mão divina
       propícia – é dito – endireitaste nossa vida.
40     Fronte de Édipo, mais forte dentre todas,
       imploramos-te todos esses suplicantes
       encontrar-nos defesa, caso de algum deus
       ouviste a voz ou de algum homem aprendeste,
       pois eu julgo os eventos já vivenciados
45     por homens experientes o melhor conselho.
       Vai, melhor dos mortais! Restaura esta cidade!
       Vai! Cuida da tua fama, que esta terra agora
       de "salvador" te chama por teu zelo de antes.
       De forma alguma nos lembremos de teu reino
50     postos em ordem e tombados em seguida.
       Com segurança deves restaurar a pólis!
       Trouxeste já com ave auspiciosa o acaso
       ao nosso lado: agora deves ser igual.

Se desta terra vais ser rei, como és regente,
55 melhor regê-la com seus homens que vazia,
pois tanto torre quanto nau se tornam nada
se não há homens que lhe habitem o interior.

ÉDIPO

Pobres filhos! Conheço bem – não desconheço –
o que viestes desejando, pois bem sei
60 que todos adoecem, mas, adoecendo,
nenhum de vós está doente igual a mim,
pois para vós a dor vos vem singularmente:
sozinho, cada qual por si. Contudo, a minha
alma por mim, por ti e pela pólis sofre,
65 de modo que, do sono, vós não me acordais.
Porém, sabei que muitas lágrimas verti
e muitas vias eu vaguei na minha mente.
Busquei por tudo e um só remédio eu encontrei,
do qual me valho: pois o filho de Menécio,
70 Creonte, meu cunhado, para a pítia casa
de Apolo eu enviei, a fim de que se informe
de gesto ou fala com que eu salve esta cidade.
E agora, com o dia já medido ao tempo,
aflijo-me por ele, pois além da conta
75 se ausenta, mais que o tempo predeterminado.
Mas, quando ele chegar, de pronto serei vil
caso não faça tudo quanto o deus mostrar.

SACERDOTE

Falaste bem na hora, pois ao mesmo tempo
me sinalizam que Creonte se aproxima.

ÉDIPO

80  Senhor Apolo, que no acaso salvador
ele nos chegue luzidio como seus olhos!

SACERDOTE

Deve ter boas novas. Do contrário, à fronte
não levaria assim lauréis com frutos cheios.

ÉDIPO

Já saberemos, pois a voz agora o alcança.
85  Senhor, cunhado meu, nascido de Menécio,
o que nos trazes, ao chegar, da voz divina?

CREONTE

Boas-novas! Pois mesmo o mais difícil, quando
por acaso termina bem, é bom acaso.

ÉDIPO

Mas qual é a mensagem? Pois nem confiante
90  nem temeroso estou agora com teu dito.

CREONTE

Se na presença destes queres escutar,
posso dizer ou ir contigo para dentro.

ÉDIPO

A todos fala! Pois por esses é maior
a dor que tenho do que pela minha vida.

CREONTE

95 Então relatarei o que eu ouvi do deus.
Febo, o senhor, de modo claro nos ordena
eliminar a mácula nutrida aqui,
que não se nutra a ponto de ser incurável.

ÉDIPO

Com qual depuração? Qual é a circunstância?

CREONTE

100 Com exílio ou com morte a morte novamente
pagando, pois é sangue que desola a pólis.

ÉDIPO

De qual varão, o acaso que se nos revela?

CREONTE

De Laio, meu senhor, que fora nosso líder
desta terra, anterior a tua vinda à pólis.

ÉDIPO

105 Sei bem por ter ouvido, mas jamais o vi.

CREONTE

Da morte dele agora claramente nós
devemos ter vingança sobre os assassinos.

ÉDIPO

Mas eles estão onde? Onde há de encontrar-se
algum vestígio vago deste antigo crime?

CREONTE

110 Nesta terra, ele disse. O que for procurado
se encontra, mas escapa o que for ignorado.

ÉDIPO

Mas foi em casa, na campanha ou no estrangeiro
que Laio sucumbiu a tal assassinato?

CREONTE

Dizem ter ido consultar o deus. Porém,
115 voltando para casa nunca regressou.

ÉDIPO

Nenhum arauto ou companheiro de viagem
foi testemunha, que se possa consultar?

CREONTE

Morreram todos menos um: fugiu com medo

e do que viu dizia apenas uma coisa.

ÉDIPO

120 Mas qual? Pois de uma coisa muitas se descobrem.
Quisera termos breve início de esperança!

CREONTE

Com assaltantes depararam-se ao acaso.
Não uma e sim diversas mãos o trucidaram.

ÉDIPO

Mas como algum ladrão, exceto se com prata
125 fosse pago daqui, teria essa ousadia?

CREONTE

Pensou-se assim, mas, Laio tendo sucumbido,
ninguém solícito surgiu em meio aos males.

ÉDIPO

Que mal perante os pés, havendo a tirania
tombado assim, privou-vos de saber a fundo?

CREONTE

130 A estranha aeda Esfinge fez-nos pôr de lado
o oculto e examinar o assunto em frente aos pés.

ÉDIPO

Mas do início de novo irei fazê-lo claro.
Tão dignamente Febo e dignamente tu
determinaram tal cuidado para o morto,
135 quão justamente me vereis um aliado
para vingar a terra e ao mesmo tempo o deus.
Em benefício não de amigos afastados,
mas no meu próprio, apagarei essa impureza,
pois quem tenha matado Laio logo pode
140 de mim também vingar-se com semelha mão.
Ao ajudá-lo, então, eu próprio me socorro.
Vamos! Rapidamente, filhos, dos degraus
erguei-vos, removendo os ramos súplices.
Que alguém convoque aqui o povo cadmeio,
145 que eu cuidarei de tudo, pois descobriremos
ou bom acaso com o deus, ou perdição.

SACERDOTE

Meus filhos, levantemo-nos, pois o favor
que aqui nos trouxe está por este prometido.
Possa Febo, emitente dessas profecias,
150 chegar-nos como salvador e fim da peste!

CORO

Doce mensagem de Zeus, quem és tu que da pluridourada
Pitó vieste à esplêndida
Tebas? Tremo em temor: coração pelo medo agitado.
Iéio Délio Peã!
155 Pasmo diante de ti, sem saber se me é
nova ou de mais estações que enfim tu me cobras a dívida.

Diz-me, ambrosíaca voz que nasceste à dourada Esperança!

160 Chamo-te, filha de Zeus, por primeiro, ambrosíaca Atena
com tua irmã, a sísmica
Ártemis que se assentou em seu cíclico trono na praça
e Febo certeiro também. Oh!
Tríplice abrigo da morte, revinde-me!
165 Caso num dia anterior em prol da cidade, solícitos,
vós afastastes o ardor do flagelo, de novo mostrai-vos!

Ai! Incontáveis são os males que eu
170 trago. A cidade toda enferma está.
Nem na mente eu encontro uma arma
para a defesa; nem vejo crescerem os
frutos mais da terra famosa; nem filhos
da dor do parto, gritante, às mulheres resultam.
175 Tu podes ver um depois doutro qual pássaro alado,
mais do que fogo invencível ir rápido
pro cais do deus poente.

É incontável na cidade a dor.
180 Jazem seus filhos sem lamento ao chão,
exalando insepultos a morte.
Jovens esposas e mães já grisalhas se
juntam com seus gritos em torno aos altares
gemendo em súplica à custa de lúgubres penas.
185 Lampeja o peã junto de doloríferas vozes;
nisso a áurea filha de Zeus encaminha-nos
força de bela face.
190 Ares furibundo, que sem seu brônzeo escudo agora vem
queimar-me envolvido em gritos, te suplico
de novo longe desta pátria rápido
partires ou para o grande leito de Anfitrite

195　ou para as inóspitas ondas
　　lá dos mares trácios,
　　pois, se algo a noite não findar,
　　logo o dia vem e o faz.
　　Ó tu, que tens poder
200　sobre os raios rútilos,
　　Zeus pai, sob o teu relâmpago o aniquila!

　　Senhor Liceu, das auritrançadas cordas do arco teu
　　quero ver voarem tuas indomáveis flechas,
205　dispostas para a ajuda junto às rútilas
　　chamas que Ártemis lança sobre as montanhas lícias.
　　Invoco o de áureas láureas,
210　que dá nome à terra,
　　purpúreo Baco de evoé,
　　misto às suas mênades,
　　para aliar-se a nós
　　com brilhante tocha a arder
215　no embate do deus sem honra dentre deuses!

　　ÉDIPO

　　Tu pedes. Do que pedes, se quiseres dar
　　ouvido a mim e preocupar-te da doença,
　　encontrarás auxílio e alívio contra males.
　　Eu próprio, alheio a esse relato, vou dizer,
220　alheio ao que ocorreu: não poderia ir longe
　　em tal procura não me havendo algum indício,
　　pois só tardio eu sou tebano entre os tebanos.
　　Então, cadmeus, proclamo a todos o seguinte:
　　quem quer que tenha visto aquele em cujas mãos
225　Laio, filho de Lábdaco, se destruiu,
　　ordeno que esse indique tudo para mim.

Se teme, desonere-se da acusação
de si por si, pois não irá sofrer nenhum
castigo exceto incólume partir da terra.
230 Se acaso alguém souber que vem de outro lugar
o autor do crime, não se cale, pois terá
um prêmio que darei e minha gratidão.
Se ainda assim ireis calar-vos e um de vós
protege amigo ou a si próprio por temor
235 do que farei, deveis ouvir-me no seguinte:
eu ordeno que a esse homem, nesta terra
regida e governada pelo meu poder,
ninguém lhe oferte abrigo ou lhe dirija o verbo;
ninguém conduza prece ou sacrifício aos deuses
240 em companhia dele, nem se purifique.
Expulsai-o de toda casa por ser ele
a mácula entre nós, de quem o deus em Pito
por seu oráculo falou perfeito a mim.
Eu sou, portanto, dessa forma um aliado
245 tanto para o divino como para o morto.
E rogo piamente que o feitor – quem seja,
um único despercebido ou entre vários –
sem lote viva horrível vida horrivelmente.
E mais ainda: rogo que, se se tornar
250 um hóspede na minha casa, de que eu saiba,
eu sofra as mesmas coisas que imprequei aos outros.
A vós confio o cumprimento disso tudo
pelo meu próprio bem, pelo deus e por esta
terra, sem frutos e sem deuses arrasada.
255 Mesmo se o caso não viesse do divino,
seria impróprio a vós deixá-lo assim impuro,
quando um homem tão nobre, vosso rei, é morto.
Era preciso investigar! Mas eu agora,
tendo o poder que aquele anteriormente tinha,

260　tendo seu próprio leito, sua própria esposa
　　　e filhos em comum (não fosse sua estirpe
　　　dona de acaso mau) também teríamos.
　　　Sobre sua cabeça desceu o acaso.
　　　Diante disso, como se fosse meu pai,
265　eu lutarei por ele sem poupar esforços
　　　na procura do autor de seu assassinato –
　　　pelo filho de Lábdaco, por Polidoro,
　　　por Cadmo e também por Agenor antigo.
　　　A quem não proceder assim, eu rogo aos deuses
270　nem enviar colheita para sua terra,
　　　nem filhos para sua esposa, mas no fado
　　　presente perecer ou num mais odioso.
　　　Porém a vós, demais cadmeus, a quantos isso
　　　satisfizer, Justiça seja uma aliada
275　e os deuses todos sempre sejam benfazejos!

**CORO**

Como estou posto em tua jura, rei, direi.
Eu não matei nem quem matou eu poderia
mostrar. A busca cabe a quem nos enviou,
a Febo: que ele diga quem é o feitor.

**ÉDIPO**

280　Falaste coisas justas, mas forçar os deuses
　　　ao que não querem não há homem que o consiga.

**CORO**

Poderia dizer uma segunda opção.

ÉDIPO

E uma terceira: não hesites em dizer.

CORO

Um senhor ao senhor vidente semelhante,
285 semelho a Febo, só Tirésias, junto a quem,
buscando, meu senhor, se aprende com clareza.

ÉDIPO

Eu não deixei de agir nem mesmo acerca disso,
pois, ouvindo Creonte, eu enviei já dupla
comitiva. Sua ausência há tempos me preocupa.

CORO

290 Decerto o resto é só rumor antigo e vago.

ÉDIPO

Mas o que dizem? Quero examinar a fundo.

CORO

É dito que foi morto por uns viajantes.

ÉDIPO

Isso eu ouvi, mas não há quem o tenha visto.

CORO

Mas, se tiver uma medida do que é medo,
295   ouvindo as tuas juras, não hesitará.

ÉDIPO

A quem não teme agir, palavras não assustam.

CORO

Mas eis quem pode condená-lo, pois uns homens
já trazem o divino vate para cá;
dentre os mortais só nele implanta-se a verdade.

ÉDIPO

300   Tirésias, sabedor de tudo, do ensinável
e do indizível, do celeste e do terrestre,
a pólis – se não vês, ainda assim percebes –
convive com a peste, contra a qual, senhor,
te achamos, única defesa e salvação,
305   pois Febo, caso não ouviste dos arautos,
enviou-nos resposta de que a solução
única para nos livrar de tal doença
é descobrirmos os que assassinaram Laio
e então matá-los ou bani-los desta terra.
310   Portanto, não nos prives do que as aves dizem
nem de outra via mântica qualquer que tenhas,
mas salva-te a ti mesmo e à pólis; salva a mim;
salva a todos da mácula do assassinato.
Estamos em tuas mãos: e socorrer os outros,
315   o quanto se puder, dos atos é o mais belo.

TIRÉSIAS

Como é terrível o entender sem benefício
a quem entende! Bem sabia dessas coisas,
mas esquecera. Do contrário, não viria.

ÉDIPO

O que acontece? Quão sem ânimo chegaste!

TIRÉSIAS

320 Deixa que eu vá! Será mais fácil tu levares
teu fardo e eu o meu se tu me obedeceres!

ÉDIPO

Nem lícito falaste nem gentil à pólis
que te nutriu, se tu sonegas essa fala.

TIRÉSIAS

Eu vejo não a ti a tua fala ser
325 apropriada e cuido não sofrer o mesmo.

ÉDIPO

Pelos deuses, se entendes, não nos abandones!
Todos nós te imploramos, estes suplicantes!

TIRÉSIAS

Todos não entendeis, mas eu jamais irei

expor meus males para não dizê-los teus.

**ÉDIPO**

330 Que dizes? Tu sabendo não dirás? Tu pensas
em nos trair e destruir de todo a pólis?

**TIRÉSIAS**

Nem por mim nem por ti lamentarei. Por que
tu perguntas em vão? Não ouvirás de mim.

**ÉDIPO**

Vilíssimo dos vis! Até a natureza
335 das pedras enfurecerias! Falarás?
Serás assim inabalável, inflexível?

**TIRÉSIAS**

Censuras minha têmpera, porém a tua,
com quem convives, não enxergas e me culpas.

**ÉDIPO**

Mas quem não se enfureceria ouvindo tais
340 palavras com que tu desonras a cidade?!

**TIRÉSIAS**

Virão por si por mais que as cubra no silêncio.

ÉDIPO

Se o caso é que virão, tu deves me dizê-las!

TIRÉSIAS

Eu não direi mais nada. Se quiseres, usa
a mais selvagem têmpera que tu tiveres.

ÉDIPO

345 Podes deixar, que, como tenho têmpera,
não poupo nada! Saibas que tu me pareces
ter planejado junto o feito e feito tudo
exceto a execução. Se acaso tu enxergasses,
esse feito também diria ser só teu!

TIRÉSIAS

350 É mesmo? Pois ordeno que tu obedeças
ao teu próprio decreto e até o fim dos dias
nunca mais fales nem a esses nem a mim!
És o maculador profano desta terra!

ÉDIPO

Assim, sem ter vergonha, revelaste tua
355 fala? Tens esperança ainda de livrar-te?

TIRÉSIAS

Sou livre. Nutro uma verdade poderosa.

ÉDIPO

Com quem tu aprendeste? Não com tua arte.

TIRÉSIAS

Contigo, pois tu me forçaste a declará-lo.

ÉDIPO

O quê? De novo fala, que eu melhor aprenda.

TIRÉSIAS

360 Não entendeste ainda ou tentas me testar?

ÉDIPO

Não foste compreensível. Fala novamente.

TIRÉSIAS

Digo que tu és o assassino que procuras.

ÉDIPO

Impune não dirás insultos duas vezes!

TIRÉSIAS

Digo outra coisa, que há de enfurecer-te mais?

ÉDIPO

365 O quanto precisares, pois dirás em vão.

TIRÉSIAS

Tu ignoras que com teus entes mais queridos
habitas em vergonha sem notar o horror.

ÉDIPO

Crês que te safarás falando sempre assim?

TIRÉSIAS

Se houver de fato alguma força na verdade.

ÉDIPO

370 Existe, exceto a ti. A ti não pode haver:
és cego dos ouvidos, da mente e dos olhos!

TIRÉSIAS

E tu, um miserável que vem insultar-me
com insultos que logo lançarão a ti.

ÉDIPO

Criado na contínua noite, não me podes,
375 nem a outro que vê a luz, jamais ferir.

TIRÉSIAS

A tua moira é de tombares não por mim,
pois basta Apolo, que se ocupa de fazê-lo.

ÉDIPO

São de Creonte ou tuas essas artimanhas?

TIRÉSIAS

Teu flagelo não é Creonte, mas tu próprio.

ÉDIPO

380 Riqueza! Tirania! Arte superior
à arte numa vida muito cobiçada!
Quão grande inveja está guardada junto a vós
se por este princípio, que a cidade a mim,
qual dádiva jamais pedida, me entregou,
385 disso o fiel Creonte, amigo do princípio,
espreitando-me oculto sonha em destronar-me
pagando semelhante mago de artimanhas,
doloso vagabundo, que com vista ao lucro
somente enxerga, mas é cego para a arte!
390 Pois vai! Diz! Onde foste vate manifesto?
Por que, quando a cadela aeda estava aqui,
tu não disseste a solução aos cidadãos?
O enigma não era por qualquer passante
resolvível, pois demandava vaticínio,
395 o qual nem por auspícios nem por um sussurro
dos deuses tu soubeste, mas sim eu, ao vir,
o que nada sabia, Édipo, parei-a,

fazendo-o por inteligência, sem auspícios.
Tal homem é que tentas destronar, por creres
400 que estarás próximo do trono de Creonte.
Mas tu e teu comparsa irão se arrepender
de me fazer de bode expiatório. Caso
não fosses velho, irias aprender sofrendo.

CORO

Para nós, as palavras dele nos parecem
405 ditas em fúria; as tuas, Édipo, também.
Não carecemos disso, e sim de examinar
o modo de cumprir o oráculo do deus.

TIRÉSIAS

Se és o tirano, ainda é necessário igual
direito de resposta. Nisso eu tenho força.
410 Não vivo como teu escravo, mas de Lóxias.
Não sou quem vá falar em nome de Creonte,
mas digo, já que me censuras por ser cego:
que não olhas, não vês o horror em que te encontras,
nem onde habitas, nem com quem estás morando.
415 Tu sabes de onde vens? Ignoras ser hostil
aos teus próprios, abaixo e em cima deste chão.
Porém, um golpe dúplice, de pai e mãe,
irá levar-te desta terra de maus pés,
agora vendo a luz, depois apenas sombra.
420 Teu grito, qual lugar não há de receber?
Qual lugar no Citéron não ressoará
quando entenderes o himeneu que, nessa casa,
inóspito abrigou-te, vindo tu no acaso.
Não notaste uma profusão de males outros,

425 que te irão igualar a ti e aos teus rebentos.
Então, tanto em Creonte quanto em minha face
lança teu lodo, pois jamais algum mortal
irá se aniquilar de modo mais terrível.

ÉDIPO

Esses insultos, devo ouvir em nome dele?
430 Por que não morres, não te apressas, não retornas
de novo à casa de onde tendo vindo vás?

TIRÉSIAS

Eu não viera aqui se tu não me chamaras.

ÉDIPO

Eu não sabia que dirias estultices
ou não me apressaria para convocar-te.

TIRÉSIAS

435 Nasci desta maneira, como te parece,
estulto, mas, a quem gerou-te, lúcido.

ÉDIPO

A quem? Espera! Quem dentre os mortais gerou-me?

TIRÉSIAS

O dia de hoje vai gerar-te e arruinar-te.

ÉDIPO

Mas como falas por charadas obscuras!

TIRÉSIAS

440 Mas tu não eras o melhor em desvendá-las?

ÉDIPO

Provoca, que descobrirás quão grande eu sou!

TIRÉSIAS

Foi este mesmo acaso que te destruiu.

ÉDIPO

Mas, se salvei esta cidade, não me importo.

TIRÉSIAS

Irei embora agora. Guia-me, menino.

ÉDIPO

445 Que guie! Estando aqui e atrapalhando os pés,
estorvas! Mas, partindo, não me afligirias!

TIRÉSIAS

Quando falar aquilo por que vim, irei.
Não temo a ti: não tens por onde me arruinar.

E digo-te: esse homem (pelo qual agora
450 procuras, proclamando tuas ameaças
quanto à morte de Laio) já se encontra aqui,
um imigrante em teoria, mas que logo
vai mostrar-se tebano e não terá prazer
nisso: ficará cego embora agora enxergue;
455 será mendigo em vez de rico; e, ao estrangeiro,
viajará sentindo a terra com bengala.
Dos próprios filhos, vai mostrar-se, ao mesmo tempo,
irmão e pai; daquela de quem foi gerado,
da mesma, filho e esposo; do seu próprio pai,
460 herdeiro ao tálamo e assassino. Entra em casa
e pensa nisso. Se me descobrires falso,
daí afirma que não sei profetizar.

CORO

De quem falou-nos a divina voz da pedra em Delfos
465 ter feito indizíveis ações com mãos ensanguentadas?
É hora de ter os pés
mais rápidos que corcéis
dobrando-se em fuga,
pois armado lhe salta por cima já
470 com relâmpago e fogo o rebento de Zeus
e o seguem, terríveis,
Queres infalíveis.

Brilhou há pouco num lampejo desde o nevoento
Parnaso a mensagem de busca ao homem que se oculta
475 nas sombras de indômitas
florestas e por covis
e pedras, qual touro
miserável num pé miserável vai

480 fugitivo de oráculos umbilicais,
que enquanto for vivo
sempre vão circundá-lo.

Hórrido augúrio, hórrido vem, vem me mover, sábio ele vem!
485 O que esperar: não sei dizer! O que direi: eu já não sei!
Vou suspenso em esperanças! Não enxergo cá nem lá!
Há conflito entre esses dois?
490 Labdácidas contra
descendentes Polibidas? Nunca soube no passado
de uma prova provável
como indício de que alguém
por Labdácidas hoje
procurasse maldizer Édipo assim
495 pela morte que não se desvendou.

Sábios os dois, Lóxias e Zeus, sobre os mortais sabem também,
500 mas entre nós, se existe algum vate a saber mais do que eu,
não há como confirmá-lo, mesmo quando surge alguém
com engenho desigual.
505 Até que eu enxergue
confirmadas as palavras, não acato que o censurem.
Sobreveio-lhe clara
a donzela a revoar
510 certa vez e foi visto
como um sábio, doce à pólis, que jamais
há de ser o culpado de algum mal.

CREONTE

Senhores cidadãos, sabendo de terríveis
acusações de Édipo, o tirano, a mim,
515 eu venho exasperado. Se nas circunstâncias

de agora pensa que sofreu de minha parte,
por palavras ou por ações, um prejuízo,
sequer desejo que perdure a minha vida
trazendo tal boato, pois não é simplório
520　o estrago que essa história para mim me traz,
mas o maior de todos se eu for vil na pólis –
se eu for chamado vil por ti e por amigos.

CORO

Talvez essa censura tenha vindo mais
por força do rancor que por um plano próprio.

CREONTE

525　O verbo dito foi de que meus planos eram
de convencer o vate a proclamar mentiras?

CORO

Assim se ouviu. Porém, não sei qual foi o plano.

CREONTE

Mas foi com olhos firmes e com firme intento
que anunciou essa denúncia a meu respeito?

CORO

530　Não sei: o que os regentes fazem eu não vejo.
Mas eis que o próprio surge agora do palácio.

ÉDIPO

Tu! Como aqui chegaste?! Como tens tamanha
petulância de vires sob o meu telhado,
sendo o assassino manifesto deste homem,
535 o evidente ladrão de minha tirania?!
Diz, pelos deuses! Foi fraqueza ou foi tolice
que viste em mim a fim de planejar tais coisas?
Creste que eu não descobriria teu ardil
ou que tendo notado não o evitaria?
540 Não é estúpida essa tua tentativa
de sem o povo e sem amigos perseguir
o que com povo e com dinheiro se conquista?

CREONTE

Presta atenção: como resposta ao que disseste,
resposta à altura escuta e julga por ti mesmo.

ÉDIPO

545 Tu falas muito bem, mas eu aprendo mal
de ti, sabendo-te inimigo e dos piores.

CREONTE

O fato, como lhe direi, primeiro escuta.

ÉDIPO

O fato não me digas, que não és ruim.

CREONTE

Se consideras ser um bem a teimosia
550  carente de juízo, tu não pensas certo.

ÉDIPO

Se consideras que quem faz um mal ao sangue
não vai sofrer justiça, tu não pensas bem.

CREONTE

Concordo que isso é justo, o que disseste, mas
que sofrimento faço-te sofrer – me explica.

ÉDIPO

555  Disseste ou não disseste ser-me necessário
mandar alguém buscar o vate venerável?

CREONTE

Também agora ainda sou por esse plano.

ÉDIPO

Há quanto tempo exatamente foi que Laio...

CREONTE

Fez o quê? Do que falas? Pois eu não compreendo.

ÉDIPO

560 Esvaiu-se da vista por ação mortal.

CREONTE

O tempo, se medido, iria muito longe.

ÉDIPO

Naquele tempo, o vate possuía a arte?

CREONTE

Era tão sábio como é hoje e tanto honrado.

ÉDIPO

Fez alguma menção de mim naquele tempo?

CREONTE

565 Jamais comigo estando perto pelo menos.

ÉDIPO

Fizestes a investigação do assassinato?

CREONTE

Fizemos. Como não? Mas nada descobrimos.

ÉDIPO

Como esse sábio não falou naquela época?

CREONTE

Não sei. Prefiro me calar se não compreendo.

ÉDIPO

570 Mas sabes de algo e de bom grado falarias.

CREONTE

Do quê? Se sei de fato, não o negarei.

ÉDIPO

Que, se ele não tivesse vindo ter contigo,
não diria ser minha a ruína de Laio.

CREONTE

Se o diz, és tu quem sabe, mas eu acho justo
575 saber de ti o quanto tu de mim soubeste.

ÉDIPO

Que saibas: não serei culpado de homicídio.

CREONTE

Pois bem, não te casaste com a minha irmã?

ÉDIPO

Não há como negar o que tu me perguntas.

CREONTE

E reges esta terra tanto quanto ela?

ÉDIPO

580 Tudo quanto ela quer, de mim ela recebe.

CREONTE

E não é que eu me igualo aos dois, como um terceiro?

ÉDIPO

É nisso que tu te revelas mau amigo.

CREONTE

Não se considerares como considero.
Examina o seguinte primeiro: se alguém
585 preferiria dar um golpe imerso em medo
a dormir sem temor com um poder igual.
Pessoalmente, não sou do tipo que deseja
ser o tirano mais que agir como o tirano –
sequer conheço um homem são que assim deseje.
590 Hoje de ti eu tenho tudo sem inveja;
se reinasse, teria muito o que fazer.
Então, como eu preferiria a tirania
ao poder e à influência sem nenhuma dor?

Não sou assim tão tolo a ponto de querer
595  outras coisas além daquelas que dão lucro.
Hoje saúdo todos; todos me recebem.
Hoje os que querem ter contigo me procuram,
pois nisso é que depende seu sucesso acaso.
Para que buscaria outra coisa em vez disso?
600  Nenhuma mente é má enquanto pensa bem.
Não sou, por natureza, amante de tal plano;
sequer suportaria que outro agisse assim.
Caso tu queiras prova disso vai a Pito:
pergunta se te dei o oráculo correto.
605  Se nisso me pegares junto do profeta
com planos em comum, não por um único
mas por dúplice voto, meu e teu, me mata.
Porém, sem provas claras, não me sentencies,
pois não é justo que se julguem maus a torto
610  os homens bons, nem bons aqueles que são maus.
Quem joga um bom amigo fora joga junto
a sua própria vida, o que lhe é mais querido.
Isso tudo, decerto, em tempo aprenderás,
porque somente o tempo mostra um homem justo;
615  um mau, por sua vez, num dia se revela.

CORO

Disse bem para quem se cuida em não cair,
senhor. Quem pensa rápido não é seguro.

ÉDIPO

Quando rápido alguém conspira pelos cantos,
também rápido devo planejar em troca.
620  Se eu esperá-lo calmamente, os fins que busca

irão realizar-se e os meus irão perder-se.

CREONTE

O que tu queres? Vais banir-me desta terra?

ÉDIPO

Não mesmo. Quero que tu morras, não que fujas.
Farei de ti o exemplo do que seja a inveja.

CREONTE

625 Falas assim, sem desistir nem confiar?

ÉDIPO

[Não mais me enganas com teus modos de falsário.
Por que não cessas de tentar persuadir-me?]

| CREONTE | ÉDIPO |
|---|---|
| Pois vejo que não pensas bem. | A mim me basta. |

| CREONTE | ÉDIPO |
|---|---|
| Mas precisas bastar a mim. | Mas tu és vil. |

| CREONTE | ÉDIPO |
|---|---|
| E se tu não compreendes nada? | Reino igual. |

CREONTE                           ÉDIPO

Mas não se tu reinares mal.       Ó pólis, pólis!

CREONTE

630  Também é minha pólis – não apenas tua.

CORO

Parai, senhores: bem a tempo vejo vir,
de casa para cá, Jocasta, junto a quem
o conflito de agora deve resolver-se.

JOCASTA

Miseráveis, por que criastes insensata
635  sedição verbal? Não vos envergonha a terra
estar doente e vós causardes males próprios?
Vai para casa tu; e tu, Creonte, à tua.
Não transformeis o nada numa dor enorme.

CREONTE

Sangue meu, teu esposo Édipo crê justo
640  fazer-me algum dos dois horrores que escolheu:
banir da terra pátria ou, preso, me matar.

ÉDIPO

Sim, porque eu o peguei, mulher, fazendo mal
contra a minha pessoa, usando de arte má.

CREONTE

Que eu não prospere, mas por própria maldição
645  morra se fiz o que me acusas de ter feito.

JOCASTA

Édipo, pelos deuses, acredita nisso! –
especialmente pela jura feita aos deuses;
depois por mim e os que se põem perante ti.

CORO

Escuta-nos, pensa, tem dó, senhor, peço a ti!

ÉDIPO                               CORO

650  Mas o queres que eu te dê?    A quem não foi tolo então
                                    e ora fez jura forte, dá valor.

ÉDIPO                       CORO        ÉDIPO

Sabes o que me pedes?      Sei.        Então me explica.

CORO

Para um amigo que fez uma jura assim
não dar desonra sem provar muito bem!

ÉDIPO

Fica sabendo, então, que me pedindo assim
tu pedes morte ou banimento desta terra.

CORO

660 Por Sol, primeiro aos deuses todos, não!
Que sem amigos e sem deus e da pior maneira eu vá
morrer se tiver tal opinião!
665 Ai de mim! Vendo a terra a sofrer,
eu já me perco, se outros males mais
a antigos males vós juntardes.

ÉDIPO

Que ele se vá, se vou morrer de toda forma
670 ou desta terra ser banido infame e à força.
Tuas palavras movem-me, mas não as dele.
Aonde quer que vá, terá meu ódio sempre.

CREONTE

És odioso em tua teimosia, e grave
no excesso do teu coração, mas tais feitios
675 são justamente mais difíceis a si mesmos.

| ÉDIPO | CREONTE |
|---|---|
| Não vais deixar-me [em paz enfim? | Já partirei. Acaso ignoras, mas sou justo [aos olhos desses. |

CORO

Mulher, o que falta a ti para com ele entrar?

JOCASTA                    CORO

680  Saber que acaso aconteceu.   De história sem precisão,
                                  mordem-nos dúvida e
                                              [suspeita ao fim.

JOCASTA              CORO        JOCASTA

Suspeita mútua?      Sim.        E qual foi essa história?

CORO

685  Basta, já basta ver como esta terra dói!
     É bem melhor não mais falar disso aqui!

ÉDIPO

Tu vês a que chegaste, em nobres intenções,
buscando que eu tornasse brando o coração?

CORO

690  Senhor, eu te falei, não só uma vez,
     que desprovido de razão, sem faculdade de pensar,
     eu me mostraria ao te abandonar,
     tu que, a terra adorada a sofrer,
695  um rumo reto outrora deste a nós
     e agora um guia bom serias.

JOCASTA

Pelos deuses, ensina-me, senhor, a causa
de teres engendrado cólera tamanha!

ÉDIPO

700 Direi, pois te respeito mais, mulher, que a esses:
Creonte é quem a causa e trama contra mim.

JOCASTA

Explica claramente a origem do litígio.

ÉDIPO

Acusa-me de ter assassinado Laio.

JOCASTA

Ele próprio o sabendo ou tendo ouvido de outrem?

ÉDIPO

705 Tendo feito trazer um vate malfeitor,
a fim de que ele próprio não se embaraçasse.

JOCASTA

Inocenta-te então daquilo que disseste.
Ouve o que digo e folga em aprender que em nada
depende a vida humana da arte de adivinhos.
710 Irei mostrar-te indícios incisivos disso.
Um oráculo veio a Laio certa vez –
não de Febo, ele próprio, mas de seus serventes –
de que sua moira era ser morto por um filho
que viria a nascer de mim e dele juntos.
715 Porém, segundo dizem, foram estrangeiros

70

ladrões que o assassinaram sobre triplas vias.
E a criança não tinha ainda nem três dias
quando Laio jungiu seus pés nos calcanhares
e a jogou por alheias mãos em ermo monte.
720 Então, Apolo, nesse caso, não cumpriu
que ele fosse o assassino de seu pai, nem Laio
foi morto por seu filho como ele temia,
coisas que os vaticínios tinham definido.
Então não dês ouvidos. Tudo quanto o deus
725 determinar, será por ele revelado.

ÉDIPO

Que aflição no meu peito e que tumulto na alma
me dominam, mulher, agora de te ouvir!

JOCASTA

Que tipo de preocupação te aflige assim?

ÉDIPO

Pensei por um momento ouvir de ti que Laio
730 morreu num ponto em que se juntam triplas vias.

JOCASTA

Assim foi dito e não existe outra versão.

ÉDIPO

E qual foi o lugar em que isso se passou?

JOCASTA

Fócis se chama a terra, e a estrada que se cinde
tanto conduz a Delfos como para Dáulia.

ÉDIPO

735 E há quanto tempo que essas coisas ocorreram?

JOCASTA

Pouco antes de tu surgires e tomares
o reinado, isso foi anunciado à pólis.

ÉDIPO

Ó Zeus! O que tu planejaste para mim?!

JOCASTA

Mas por que isso, Édipo, te pesa ao peito?

ÉDIPO

740 Inda não me perguntes. Diz qual estatura
Laio tinha e se estava no ápice da idade.

JOCASTA

Era grande e os cabelos inda pouco brancos.
Na forma, não distava muito da que é tua.

ÉDIPO

Ai de mim, infeliz! Eu creio que me pus
745 numa terrível maldição sem que o soubesse!

JOCASTA

Que dizes? Tremo ao contemplar-te, meu senhor!

ÉDIPO

Eu me apavoro do que o vate tenha visto.
Mas mostrarás melhor se me disseres algo.

JOCASTA

Mesmo tremendo, irei dizer o que pedires.

ÉDIPO

750 Viajava com poucos ou então com muitos
varões soldados, feito um líder de guerreiros?

JOCASTA

Cinco ao todo eles eram, e com eles vinham
o arauto mais o carro que levava Laio.

ÉDIPO

Ai, ai! Tudo está claro agora! Quem então
755 foi-te informante dessa informação, mulher?

JOCASTA

Um servo, que foi o único sobrevivente.

ÉDIPO

Acaso ele se encontra agora no palácio?

JOCASTA

Não, pois ao retornar de lá e te encontrar
no poder e com Laio tendo perecido,
760 implorou-me, tocando a mão na minha mão,
mandá-lo ao campo para pastorear ovelhas,
que muito longe assim ficasse da cidade.
E eu o enviei, pois era um homem digno enquanto
escravo até de ter algum maior favor.

ÉDIPO

765 Será que pode vir-nos rápido à cidade?

JOCASTA

É possível, mas qual a razão do comando?

ÉDIPO

Temo, mulher, que me excedi demasiado
no que falei. Por causa disso quero vê-lo.

JOCASTA

Ele virá, mas creio que também sou digna,
770  senhor, de ter ciência do que te atormenta.

ÉDIPO

Não vou privar-te disso, já que meus anseios
chegaram nesse ponto. A quem, se não a ti,
eu falaria em meio a semelhante acaso?
Pólibo, o pai, era nativo de Corinto;
775  minha mãe, Mérope, era dória; e os cidadãos
julgavam-me o maior dos homens – isso até
que o acaso me viesse, digno de espanto,
mas não pela maneira com que reagi.
Um homem, bêbado de vinho num banquete,
780  me acusou de ser falso filho de meu pai.
Eu fiquei consternado pelo dia todo,
mas me contive. No seguinte, fui até
a mãe e o pai e os confrontei. Os dois ficaram
nervosos com o bêbado que os maldissera.
785  Então, eu tive de reconfortá-los, mesmo
aborrecido que o boato se espalhasse.
Sem que meu pai e minha mãe soubessem fui
a Pito, só que Febo respondeu-me não
aquilo que eu buscava, e sim horrores outros,
790  terríveis e funestos, que ele anunciou:
haveria de unir-me à minha própria mãe,
mostrar aos homens uma prole incontemplável,
e tornar-me o assassino de meu próprio pai.
Tendo ouvido essas coisas, eu deixei Corinto
795  até medi-la ao longe apenas pelos astros,
num lugar em que eu nunca visse se cumprir

a desgraça de meus oráculos ruins.
Viajando cheguei ao ponto em que disseste
ser o local onde o tirano pereceu.

800 E a verdade, mulher, eu te direi. Nas próprias
triplas vias cheguei enquanto viajava,
e nelas deparei com um arauto e um homem
sobre um carro de potros sendo carregado,
tal qual disseste. Com violência o condutor
805 e o próprio velho me empurraram do caminho.
Por raiva eu desferi um golpe sobre aquele
que me enxotara, o carroceiro. O velho, ao vê-lo,
esperou que eu passasse junto de seu carro
e me atingiu com aguilhão de duplas pontas.
810 Pagou caro por isso: com um golpe curto
de cajado por esta mão, rolou direto
do carro para a estrada, onde caiu de costas.
Matei os outros todos. Mas, se esse estrangeiro
tiver com Laio um laço familiar que seja,
815 qual homem é mais miserável que este aqui?
Quem poderia ser mais odioso aos deuses?
Nem cidadão nem estrangeiro devem tê-lo
em suas casas nem lhe proferir palavra,
mas bani-lo do lar. E não foi nenhum outro
820 que não eu mesmo quem me impôs a maldição.
O tálamo do morto com as minhas mãos
poluo – as mesmas que o mataram! Não sou vil,
de todo impuro, se preciso me exilar
e exilado não ter mais como ver os meus
825 nem pôr o pé na pátria, para não me unir
em casamento à mãe e assassinar o pai,
Pólibo, que me deu a vida e me criou?
Não estaria certo aquele que julgou

terem vindo essas coisas de algum deus cruel?
830 Jamais, jamais, ó deuses santos, venerandos,
deixeis que eu veja um dia assim, mas para longe
de todos os mortais sem ser mais visto eu vá
antes de me chegar tal mancha do infortúnio!

CORO

Senhor, isso nos causa medo, mas até
835 que a testemunha seja ouvida inda há esperança.

ÉDIPO

Isso, de fato, é o que me resta de esperança:
aguardar a chegada do pastor apenas.

JOCASTA

Quando ele aparecer, o que afinal pretendes?

ÉDIPO

Já te explico: se a história dele for a mesma
840 que a tua, então terei fugido da desgraça.

JOCASTA

O que de mim ouviste de extraordinário?

ÉDIPO

"Ladrões" falaste que ele disse terem sido
os que mataram Laio. Logo, se ele agora

também falar de vários, não fui quem matou,
845 pois um sozinho não se tornaria muitos.
Mas, se falar de um viajante só, decerto
o feito terá sido de autoria minha.

JOCASTA

Fica sabendo que o relato assim foi dito.
Não é possível que ele volte atrás agora,
850 pois a cidade toda ouviu, e não só eu.
Mas, mesmo que mudasse a história que contou,
não poderá, senhor, jamais mostrar-te a morte
de Laio em pleno acordo com a profecia
de Lóxias, de ser morto por um filho meu:
855 aquele pobrezinho nunca o poderia
ter matado, pois ele pereceu primeiro.
Então, por causa de um ou outro vaticínio
não olharia para cá nem para lá.

ÉDIPO

Tu tens razão, mas mesmo assim eu mandarei
860 alguém chamar o camponês por garantia.

JOCASTA

Mandarei rápido, mas vamos para casa.
Eu não faria nada que não te agradasse.

CORO

Que a Moira me encontre sempre a demonstrar
gentil pureza nas ações

865 e nas palavras, que obedecem normas
de altos pés, postas à luz
no etéreo céu, de um só pai, Olimpo,
geradas não por mortal
estirpe de humanos, nem
870 jamais o oblívio vai colocá-las para descansar,
pois o deus é grande nas leis e não se esvai.

Híbris produz o tirano. Híbris, ao
inchar-se além da conta em vão
875 com coisas fora do seu tempo, inúteis,
ao subir no alto maior,
arroja-se à perdição extrema,
num ponto em que não há pé
880 de apoio. Mas peço ao deus
jamais na nossa pólis deixar solto um conflito assim.
Deus por protetor eu não deixarei de ter.

Mas, se alguém com arrogância
por ação ou verbo vai
885 sem medo nem da justiça
nem do assento de imortais,
terrível destino o tome
por orgulho desfeliz
se não lucrar seu lucro justamente
890 e de ímpios atos não fugir
ou se tocar no que jamais se toca.
Qual homem se ufana de evitar assim
flechas dos divinos na alma?
895 Se se derem honras a essas coisas eu
por que dançaria?

Nunca mais ao intocado
eu irei, ao ônfalo
900 da terra, nem mesmo ao templo
de Abas nem a Olímpia
se não se cumprirem esses
vaticínios aos mortais.
905 Regente, se correto assim te chamas,
Zeus, rei de tudo, que de teu
poder eterno não escape nunca!
As predições sobre Laio antigas já
se esvaziam e se esvaem.
Honra a Apolo não se vê em nenhum lugar.
910 Os ritos se perdem.

JOCASTA

Senhores desta terra, tenho plano de ir
aos templos dos divinos, carregando em mãos
oferendas de incenso com estas guirlandas.
Édipo exalta o coração além da conta
915 com toda sorte de pesares. Não discerne
o novo à luz do velho como alguém sensato,
mas vai por quem lhe conta contos de terror.
Visto que não consigo aconselhá-lo em nada,
a ti, Apolo Lício, tu que estás mais perto,
920 eu venho súplice com símbolos de prece,
para que tu nos deixes livres da impureza,
pois nós nos encolhemos de pavor, semelhos
a quem vê medo no piloto do navio.

MENSAGEIRO

Poderia, estrangeiros, aprender de vós

925 onde fica o palácio de Édipo, o tirano?
Melhor: dizei-me, se souberdes, onde está.

CORO

O lar é este, e o próprio está lá dentro, estranho.
Esta mulher aqui é mãe dos filhos dele.

MENSAGEIRO

Prosperidade junto aos prósperos, que sempre
930 exista para ela, sua esposa plena!

JOCASTA

O mesmo a ti também, estranho, pois mereces
por tua saudação! Porém, relata o que
tu vens a carecer ou para anunciar.

MENSAGEIRO

Boas-novas à casa, ao esposo e a ti, mulher!

JOCASTA

935 Mas de que tipo são? De junto a quem vieste?

MENSAGEIRO

De Corinto, e a mensagem que darei agora
vai te alegrar, sim, mas talvez também te irrite.

JOCASTA

Que aconteceu? Qual a razão da ambivalência?

MENSAGEIRO

Farão dele o tirano os nativos da terra
940 no Istmo, conforme foi falado lá.

JOCASTA

Por quê? Pólibo, o velho, não governa mais?

MENSAGEIRO

Já não mais, pois a morte tem-no preso à tumba.

JOCASTA

Que dizes? Está morto, então, Pólibo, o velho?

MENSAGEIRO

Se não digo a verdade, devo perecer.

JOCASTA

945 Servente, não irás depressa até teu mestre
para avisá-lo? Ó oráculos dos deuses,
onde estais? Fora desse que Édipo fugira
temendo ser quem o matasse, mas agora
eis que foi morto pelo acaso e não por ele.

**ÉDIPO**

950 Caríssimo semblante de Jocasta, esposa,
por que me chamas para fora do palácio?

**JOCASTA**

Escuta este homem e examina enquanto ouvires
no que os santos oráculos dos deuses deram.

**ÉDIPO**

Mas quem é esse e o que ele tem a me dizer?

**JOCASTA**

955 Vem de Corinto anunciando que teu pai
já não existe mais: Pólibo pereceu.

**ÉDIPO**

Que dizes, estrangeiro? Quero ouvir de ti.

**MENSAGEIRO**

Se devo anunciar de novo com clareza,
fica sabendo que se foi, pertence à morte.

**ÉDIPO**

960 Mas foi por dolo ou por visita de doença?

MENSAGEIRO

Um toque na balança leva o velho ao leito.

ÉDIPO

Foi por doença, então, que o pobre pereceu.

MENSAGEIRO

E pelos muitos anos com que já contava.

ÉDIPO

Ai, ai! Por que, mulher, alguém procuraria
965 o lar da pitonisa ou ergueria o olhar
aos pássaros que gritam? Ambos decretaram
que eu iria matar o meu pai. E ei-lo morto,
jazendo sob a terra, enquanto estou aqui
sem arma em minhas mãos, exceto se a saudade
970 foi que o matou. Somente assim seria a causa.
O fato é que os oráculos, conforme ditos,
jazem com Pólibo no Hades, sem valor.

JOCASTA

Já não te predissera há tempos essas coisas?

ÉDIPO

Disseste, mas por medo eu fui ao descaminho.

JOCASTA

975 Agora afasta tudo do teu coração.

ÉDIPO

Mas como não temer o tálamo da mãe?

JOCASTA

Que temeria um ser humano, a quem o acaso
governa, sem ter clara previsão de nada?
Melhor viver sem plano, como for possível.
980 E não temas os esponsais de tua mãe,
pois muitos dos mortais um dia já sonharam
em dormir com a mãe, mas quem não se preocupa
com essas coisas leva a vida facilmente.

ÉDIPO

Muito bem dito tudo estaria por ti
985 se minha mãe não mais vivesse, mas ainda
vive e devo temer por mais que fales bem.

JOCASTA

Mas é uma boa vista a tumba de teu pai.

ÉDIPO

É boa, eu sei, mas tenho medo da que é viva.

MENSAGEIRO

Mas que mulher é essa de que tu tens medo?

ÉDIPO

990 Mérope, velho, que de Pólibo era esposa.

MENSAGEIRO

Mas o que é que vos traz medo acerca dela?

ÉDIPO

Um terrível oráculo do deus, estranho.

MENSAGEIRO

Cabe dizer? Ou não é lícito sabê-lo?

ÉDIPO

Sim, certamente. Lóxias uma vez me disse
995 que haveria de unir-me à minha própria mãe
e derramar o sangue pátrio em minhas mãos.
Por causa disso eu fui embora de Corinto
há muito tempo. Tive um bom acaso, mas
é dulcíssimo olhar os olhos de seus pais.

MENSAGEIRO

1000 Foi por ter medo disso que tu te exilaste?

ÉDIPO

E evitando tornar-me patricida, velho.

MENSAGEIRO

Por que, senhor, eu não te livro de tal medo,
já que vim para cá com boas intenções?

ÉDIPO

Certamente. Terias minha gratidão.

MENSAGEIRO

1005 Foi por isso que vim aqui de fato, para
ter um agrado com o teu retorno à casa.

ÉDIPO

Jamais irei à casa de meus genitores.

MENSAGEIRO

Meu filho, vê-se que não sabes o que fazes.

ÉDIPO

Como assim, velho? Pelos deuses me esclarece.

MENSAGEIRO

1010 Caso por isso evites retornar à casa.

ÉDIPO

Por temor de que Febo cumpra-me o presságio.

MENSAGEIRO

De ter mácula com os que te deram vida?

ÉDIPO

Exatamente, ancião. É isso que me assusta.

MENSAGEIRO

Mas sabes que são vãos os medos que tu tens?

ÉDIPO

1015 Mas como? Se sou filho desses genitores?

MENSAGEIRO

Porque a estirpe de Pólibo não há em ti.

ÉDIPO

O que disseste? Pólibo não me criou?

MENSAGEIRO

Nem mais nem menos, mas o mesmo tanto que eu.

ÉDIPO

Como igualar um genitor a alguém qualquer?

MENSAGEIRO

1020 Porque nem eu nem ele foi quem te gerou.

ÉDIPO

Mas como foi que me chamava então de filho?

MENSAGEIRO

Recebeu-te de minhas mãos como um presente.

ÉDIPO

E amou-me tanto, quando vim de alheia mão?

MENSAGEIRO

Sua falta de filhos antes o impeliu.

ÉDIPO

1025 Tu me compraste ou por acaso me encontraste?

MENSAGEIRO

Achei-te no Citéron, pelos entremontes.

ÉDIPO

E por que viajavas por lugar assim?

MENSAGEIRO

Estava encarregado de animais monteses.

ÉDIPO

Então eras pastor? Um serviçal errante?

MENSAGEIRO

1030 E fui teu salvador, meu filho, àquele tempo.

ÉDIPO

Do que eu sofria ao me tomares em teus braços?

MENSAGEIRO

Os calcanhares de teus pés são testemunhas.

ÉDIPO

Ai de mim! Por que falas desse mal antigo?

MENSAGEIRO

Livrei-te de aguçadas travas nos teus pés.

ÉDIPO

1035 Vergonha horrível que carrego desde o berço.

MENSAGEIRO

Por esse acaso tens o nome que tu tens.

ÉDIPO

Pelos deuses! Foi obra da mãe ou do pai?

MENSAGEIRO

Não sei, mas quem te deu a mim melhor o sabe.

ÉDIPO

Ganhaste de outrem? Não me achaste por acaso?

MENSAGEIRO

1040 Não: foi outro pastor quem te cedeu a mim.

ÉDIPO

Quem era? Sabes descrevê-lo com palavras?

MENSAGEIRO

Acredito que se contasse entre os de Laio.

ÉDIPO

Tu falas do tirano antigo desta terra?

MENSAGEIRO

Exatamente. Esse homem era seu boieiro.

ÉDIPO

1045 E ainda é vivo, a fim de que eu pudesse vê-lo?

MENSAGEIRO

Vós que sois os nativos conheceis melhor.

ÉDIPO

Existe alguém, em meio a vós aqui presentes,
que tenha visto esse boieiro de quem fala,
seja lá pelos campos ou aqui por perto?
1050 Que dê sinal! É hora das revelações.

CORO

Creio que seja nenhum outro que o campeiro,
o mesmo que antes já buscavas ver. Porém,
Jocasta poderia te dizer melhor.

ÉDIPO

Mulher, conheces seja lá quem for que há pouco
1055 mandamos vir? É dele que esse agora fala?

JOCASTA

Por que perguntas dele? Não te preocupes.
Tampouco ao que foi dito dês valor à toa.

ÉDIPO

Não poderia acontecer que eu tendo tais
indícios falhe em aclarar meu nascimento.

JOCASTA

1060 Pelos deuses! Se pela tua própria vida
zelas, não busques mais! Já basta a minha angústia!

ÉDIPO

Coragem! Nem que eu me revele vir de mãe
servil, escravo ao triplo, não serás vulgar.

JOCASTA

Ainda assim me escuta – eu peço: deixa disso!

ÉDIPO

1065 Não quero ouvir de não saber de tudo às claras.

JOCASTA

Porém eu falo preocupada com teu bem.

ÉDIPO

Mas esse bem já me importuna há muito tempo.

JOCASTA

Ah, infeliz! Que nunca saibas quem tu és!

ÉDIPO

Alguém busque o boieiro e traga-o para mim!
1070 Deixai essa folgando com seu berço de ouro.

JOCASTA

Ai, ai, mísero! Isso é tudo que te posso
dizer – e mais nenhuma coisa nunca mais!

CORO

Édipo, por que tua esposa, com selvagem
angústia, foi correndo embora? Tenho medo
1075 de que desse silêncio se prorrompam males!

ÉDIPO

Irrompa quanto for preciso! Quanto a mim,
quero saber a minha origem, mesmo simples.
Ela talvez por ser mulher se inquiete muito,
envergonhada pela minha baixa estirpe.
1080 Mas eu próprio, que julgo ser filho do Acaso
rico em presentes, não terei desonra alguma.
Essa é a mãe de quem nasci. Os meus parentes,

os meses, já pequeno e grande me mostraram.
Nascido de tal forma eu não me sairia
1085 outro, nem deixaria obscura a minha estirpe.

CORO

Se eu for um vate experimentado sobre o conhecer,
ó Citerão, pelo Olimpo, não serás mais
1090 ignorante no amanhã
quando à lua cheia, nativo, der-te honras Édipo
como sua mãe e nutriz,
1095 celebrada em nossas danças como um presente agradável para
[o meu tirano!
Iéio Febo, que isso possa te agradar!

Filho, quem foi? Quem das mais longevas foi te dar à luz
1100 em união com o pai Pã, montanheiro?
Ou gerou-te noiva de
Lóxias? Pois os campos monteses queridos dele são.
1105 Ou foi o senhor cilênio?
Ou o deus bacante que no topo dos montes demora recebeu-te
[infante
das Ninfas do Hélicon, com que ele sói brincar?

ÉDIPO

1110 Se devo adivinhar sem nunca tê-lo visto,
anciões, eu diria ver esse boieiro
que vínhamos buscando, pois, em sua longa
velhice, casa com a idade deste homem.
Ademais, reconheço aqueles que o conduzem
1115 como meus serviçais. Porém, talvez tu possas
saber melhor do que eu se outrora já o viste.

CORO

Fique sabendo que o conheço, pois a Laio
servia, tão fiel quanto outro dos pastores.

ÉDIPO                                    MENSAGEIRO

Pergunto-te primeiro, estranho
1120 de Corinto, foi desse que falavas?    Desse que tu vês.

ÉDIPO

Tu aí, ancião, vem cá e me responde
quanto eu te perguntar. A Laio tu servias?

SERVO

Sim, escravo nascido em casa, e não comprado.

ÉDIPO

Ocupado com qual trabalho ou com que vida?

SERVO

1125 De rebanhos cuidei por quase toda a vida.

ÉDIPO

Em quais lugares sobretudo és mais frequente?

SERVO

Ou no Citéron ou nos arredores dele.

ÉDIPO

Este homem aqui já viste nestas partes?

SERVO

Fazendo o quê? Qual é o homem de que falas?

ÉDIPO

1130 Este que está presente: alguma vez o viste?

SERVO

Não que pudesse me lembrar rapidamente.

MENSAGEIRO

Nenhum espanto, mestre, mas eu claramente
farei lembrar o deslembrado, pois bem sei
que sabe: durante o tempo dele no Citéron,
1135 quando levava dois rebanhos e eu só um,
ficamos próximos por três sazões inteiras
de seis meses, da primavera até o outono.
No inverno eu viajava para o meu cercado;
e ele tocava para o estábulo de Laio.
1140 Foi isso ou não foi isso, como descrevi?

SERVO

Faz muito tempo, mas tu falas a verdade.

MENSAGEIRO

Então me diz: tu lembras de ter dado a mim
um bebê para que eu criasse como meu?

SERVO

Que é isso? Por que me investigas desse modo?

MENSAGEIRO

1145 Este, meu caro, é justamente aquele jovem.

SERVO

Que desgraça! Será que não te calarás?

ÉDIPO

Não o censures, ancião. Bem mais que as dele,
tuas palavras deveriam censurar-se.

SERVO

De que maneira, nobre mestre, estou errado?

ÉDIPO

1150 Não respondendo do bebê que esse inquiriu-te.

SERVO

Mas ele fala sem saber, trabalha em vão.

ÉDIPO

Tu não dirás por bem, mas vais dizer por mal.

SERVO

Não! Pelos deuses! Não me firas! Sou um velho!

ÉDIPO

Mas será que ninguém vai lhe amarrar as mãos?

SERVO

1155 Pobre de mim! Por quê? Que queres descobrir?

ÉDIPO

Deste àquele a criança sobre a qual pergunta?

SERVO

Dei, mas quisera eu ter morrido àquele dia!

ÉDIPO

É o que terás se não disseres a verdade.

SERVO

Mas, se eu disser, eu estarei bem mais perdido!

ÉDIPO

1160 Ao que parece, esse homem quer se delongar.

SERVO

Não, não! Já disse há pouco que fui eu quem dei.

ÉDIPO

Donde o pegaste? De teu lar ou de algum outro?

SERVO

Meu próprio ele não era. Recebi de alguém.

ÉDIPO

De qual dos cidadãos daqui? De que morada?

SERVO

1165 Não! Pelos deuses, mestre! Não perguntes mais!

ÉDIPO

Estás perdido se eu te perguntar de novo.

SERVO

Do palácio de Laio! Foi nascido lá.

ÉDIPO

De algum escravo ou de outro da família dele?

SERVO

Ai de mim! Estou prestes a dizer o horror!

ÉDIPO

1170 E eu de ouvi-lo, mas mesmo assim preciso ouvir.

SERVO

Dele diziam ser o filho, mas a dona
lá dentro, tua esposa, sabe bem melhor.

| ÉDIPO | SERVO |
|---|---|
| Como? Foi ela quem te deu? | Foi, sim, senhor. |
| ÉDIPO | SERVO |
| Com que propósito? | Que eu desse um fim a ele. |
| ÉDIPO | SERVO |
| Ao próprio filho? | Sim, temendo a profecia. |

ÉDIPO                              SERVO

Qual era?                          De que mataria o próprio pai.

ÉDIPO

Mas por que o deste embora, então, para este velho?

SERVO

Por pena, mestre, e para que a uma terra alheia
ele o levasse, de onde ele viera, mas
1180 salvou-o para um mal pior, pois tu és esse
que ele diz. Tu nasceste para um mau destino.

ÉDIPO

Ai de mim! Tudo se cumpriu bem claramente!
Ah, luz! Por último eu agora te contemplo –
eu que me revelei errado a quem nasci,
1185 errado em quem me uni, errado em quem matei!

CORO

Ai! Ó gerações mortais,
quando contabilizo, vossas vidas são nada.
Pois quem, qual humano tem
maior prosperidade que
uma mera aparência vã
que assim sendo se perde?
Tenho a ti como exemplo a mim
1195 por teu nume, esse nume teu, Édipo, sofredor: mortais jamais
[são felizes.

Pois ele, com perfeição,
lançou flechas e conquistou enorme fortuna,
ó Zeus, por ter dado um fim
à donzela de garra atroz
1200 com seu canto ruim. Matou,
foi a torre da pátria.
Desde então te chamamos "rei"
e honrarias te demos, mil, ao reinares qual príncipe da magna
[Tebas.

Agora alguém pode ter maior horror?
1205 Alguém já teve ruína ou dor pior?
De alguém a vida assim mudou?
Ai, fronte eminente de Édipo,
como um porto só
pôde receber
ambos filho e pai em seu quarto nupcial?
1210 Como, eu pergunto, como foi que o mesmo solo em que teu pai
te semeou suportou-te tanto?

O tempo vê tudo e à força te encontrou:
as núpcias que não são núpcias julga, as que
1215 uniram cria e criador.
Ai! Tu que de Laio se gerou,
bom seria bom
não te conhecer.
Choro como quem vai vertendo nênias
1220 junto dos dentes. Digo, sim: eu revivi por feito teu
e foi por ti que fechei os olhos.

ARAUTO

Senhores mais honrados sempre desta terra,

o que ouvireis e o que vereis são a medida
1225 do quanto sofrereis se, como manda a raça,
zelais ainda pelos Labdácidas,
pois nenhum rio – nem mesmo o Istros nem o Fásis –
faria puro o teto desta casa: tanto
aqui se esconde. Mas virão à luz os males,
1230 do arbítrio e não do desarbítrio. Dentre as dores,
piores são as que se provam eletivas.

CORO

De fato os males que já conhecíamos
não eram leves, mas agora do que falas?

ARAUTO

Melhor dizê-lo da maneira mais sucinta:
1235 está morta a divina face de Jocasta.

CORO

Ah, mísera! Mas qual teria sido a causa?

ARAUTO

Ela própria o causou. Dos feitos praticados,
a dor pior se ausenta, pois já foge à vista,
mas, tanto quanto houver memória ainda em mim,
1240 tu saberás os sofrimentos da infeliz.
Depois de ter entrado alucinada porta
adentro, foi direto para a câmara
de núpcias, se carpindo com as duas mãos.
As portas, logo que ela entrou, trancou por dentro,

1245 e chama então por Laio, há tanto tempo morto,
lembrando-se do germe antigo pelo qual
o próprio pereceu, deixando a genitora
para gerar com ele monstruosa prole.
Chorava o leito em que gerou, perdida em dobro,
1250 marido, de um marido; filhos, de seu filho.
O modo por que pereceu não sei dizer,
pois Édipo chegou gritando e não deixou
que nós acompanhássemos aquele horror.
Somente o víamos de um lado para o outro.
1255 Pedia-nos para encontrar alguma espada
e a esposa que não era esposa, a mãe de quem
viera dupla safra, dele e de seus filhos.
Em seu furor, algum dos numes o guiava,
pois não havia alguém – nenhum de nós – com ele.
1260 Com um terrível grito, como se ordenado,
avançou contra as portas duplas, que, dos eixos,
pôs abaixo, quebrando as barras, e adentrou.
Suspensa no interior a esposa então nós vimos
por enlaçadas cordas balançando envolta.
1265 Assim que a vê, com urro horrível, miserável,
desata os nós que a suspendiam. Quando a pobre
alcança o chão, terrível cena se seguiu:
tendo arrancado do vestido os dois dourados
broches dela, com que ela tinha se adornado,
1270 erguendo-os, golpeou as próprias órbitas,
dizendo que seus olhos nunca mais veriam
horrores como os que sofria e praticava,
mas, sim, na escuridão os que não deveria
ter visto e deveria ter reconhecido.
1275 Com esse canto, várias vezes, não só uma,
ele atingia as pálpebras e, a cada golpe,
olhos ensanguentados tingiam a barba

não com gotas pingando sangue, mas com negra
súbita chuva de granizo sanguinária.
1280 Tudo foi feito pelos dois e não por um:
os males do marido unidos aos da esposa.
A fortuna que antigamente havia foi
fortuna justamente, mas agora apenas
luto, ruína, morte, vergonha – dos males,
1285 todos quantos têm nome, não há qual se ausente.

CORO

Mas o infeliz agora tem algum descanso?

ARAUTO

Ele grita que se destranque a porta e mostre
a todos os cadmeus alguém que ao pai deu morte,
alguém que à mãe – não tenho nem como dizê-lo –,
1290 para banir-se desta terra e assim não mais
permanecer maldito em casa sob a jura.
Porém, carece de vigor e de algum guia,
pois o seu sofrimento é mais do que se aguenta.
Irei mostrá-lo a ti. As barras dos portões
1295 já se abrem. Logo tu verás um espetaclo
que até num inimigo causaria pena.

CORO

Ó, terrível de ver, aflição dos mortais!
Mais terrível de todos, de quantos já vi,
qual loucura que veio até ti, sofredor?
1300 Qual o nume que deu esse salto maior
que a mais longa distância que um homem já viu

e tombou no tristíssimo lote que tens?
Ai de ti, miserável, olhar para ti
não consigo, por mais que haja tanto a inquirir,
que haja tanto a se ouvir, que haja tanto a se ver!
É tamanho o terror que ofereces a mim!

ÉDIPO

Ai de mim, ai de mim, miserável que sou!
A que ponto da terra me levam na dor?
1310 Minha voz bate as asas e aonde ela vai?
Ai, destino, quão longe tu foste saltar!

CORO

A terrível lugar que não se ouve e nem vê.

ÉDIPO

Escuridão!
A bruma vem me desterrar! Não posso nem a descrever!
1315 Ela é impossível de vencer e escapar!
Que dor!

Que dor enorme! Que afiados são os golpes
desses ferrões e das memórias do terror!

CORO

Não é de se espantar que em tais tribulações
1320 tu tenhas duplas dores junto a duplos males.

ÉDIPO

Caríssimo!
Tu és amigo bem fiel! Ainda vens zelar por mim!
Tu vens cuidar de mim, eu já cego aqui!
Que dor!

1325 Não passas sem que eu note, pois percebo, sim,
ainda que no escuro, a tua voz igual.

CORO

Feitor de horrores, como ousaste te apagar
a própria vista? Qual dos numes te impeliu?

ÉDIPO

Apolo, ó irmão! Apolo que o fez,
1330 que males fez dos males meus, que fez a dor, a minha dor!
E a própria mão que o fez foi não
alheia, mas minha!
Por que devia ver,
1335 se a luz jamais mostrou-me alguma coisa doce?

CORO

Disseste as coisas como são.

ÉDIPO

O que inda mais posso ver
ou amar? Que saudação,
amigos, vou ouvir e ter prazer?

1340 Levai-me, amigos, daqui! Do jeito mais veloz!
Levai-me já daqui! Eu, o mais mísero!
Eu, o maldito maior! Que para os deuses sou
1345 o último dos mortais!

CORO

Coitado, pela situação e por sabê-la,
como eu quisera nunca ter te conhecido!

ÉDIPO

Mas que morra quem dos cruéis grilhões
1350 sozinho conseguiu soltar meus pés do fado de morrer
e me salvou, um feito sem
nenhuma gratidão!
1355 Era melhor morrer
do que a quem amo e a mim causar tamanha dor!

CORO

Também quisera fosse assim.

ÉDIPO

Não mataria o meu pai
nem seria entre os mortais
lembrado como quem uniu-se à mãe.
1360 Mas eis-me agora sem deus, filho de heréticos,
em comunhão de lençóis com o meu pobre pai.
1365 Se existe um mal superior, um mal maior que o mal,
esse é o de Édipo!

CORO

Não sei de que maneira decidiste bem.
Era melhor deixar de ser do que ser cego.

ÉDIPO

Que as coisas não se decidiram muito bem,
1370 não venhas me dizer nem dar conselho algum,
pois não sei com quais olhos eu iria olhar
para meu pai no dia em que eu descesse ao Hades
nem para minha pobre mãe, se contra os dois
fiz feitos que nem mesmo a forca puniria.
1375 E minha prole: que prazer daria à vista
contemplá-la, gerada como foi gerada?
Jamais para os meus olhos – não, de forma alguma!
Tampouco a pólis, a muralha e as estátuas
em honra aos numes, visto que eu, misérrimo,
1380 sendo o mais nobre dentre os filhos dos tebanos,
condenei-me a mim mesmo quando eu ordenei
a todos expulsar o herético, que os deuses
revelaram profano e da estirpe de Laio.
Tendo uma mancha tal eu revelado minha,
1385 iria olhar com olhos retos esse povo?
Longe disso! Se houvesse como bloquear
a fonte dos ouvidos, não hesitaria
aprisionar-me neste corpo miserável
para deixar de ver e de escutar. Que doce
1390 o pensamento de viver alheio aos males!
Ai, Citéron, por que me acolheste? Por que
não me mataste logo, para que eu jamais
revelasse aos humanos de onde fui gerado?
Ai, Pólibo, Corinto e o lar que no passado

1395 achava ser paterno, como parecia
belo este fruto apodrecido que nutristes!
Sei que sou vil agora e vil de nascimento.
Ai, triplas sendas e recôndito alamedo
e bosque e estreito passo em tríplices caminhos,
1400 que meu sangue, a partir das minhas próprias mãos,
bebestes de meu pai, pergunto se lembrais
os feitos que vos fiz em minha vinda aqui
e os que mais tarde ainda faria? Ai, núpcias, núpcias,
vós me criastes e, depois de me nutrirdes,
1405 concebestes do mesmo esperma e revelastes
filhos, irmãos e pais, incestuoso sangue,
noivas, esposas, mães, e tudo quanto existe
de mais abjeto nas ações para os humanos!
Mas nem se diga algo não belo de fazer.
1410 Levai-me logo, pelos deuses, para fora!
Escondei-me ou matai-me ou no interior do mar
lançai-me, num lugar em que não me vereis!
Vinde! Aceitai tocar num homem miserável.
Ouvi-me! Não temais! Os males que são meus
1415 nenhum outro mortal poderá carregar.

CORO

Em sincronia ao que tu pedes, eis que chega
Creonte para agir e decidir, pois ele
guarda esta terra agora em teu lugar sozinho.

ÉDIPO

Ai de mim! Que palavra irei dizer a ele?
1420 Que credibilidade posso ainda ter
se no passado errei com ele inteiramente?

CREONTE

Não foi para chacotas, Édipo, que vim
nem para censurar-te por passados erros.

Se não tendes respeito pelos descendentes
1425 dos mortais, pelo menos respeitai a luz
do senhor Sol, que tudo nutre, e não mostreis
descoberta tal mácula, que nem a terra
nem chuva augusta nem a luz aceitariam,
mas de imediato o conduzi para o palácio.
1430 À família convêm as coisas da família:
sozinha deve ver e ouvir seus próprios males.

ÉDIPO

Pelos deuses, já que frustraste meus temores,
melhor dos homens posto à frente do pior,
escuta-me! Por ti e não por mim te peço.

CREONTE

1435 Que acaso necessitas tão intensamente?

ÉDIPO

De que me expulses desta terra agora mesmo
para um lugar em que nenhum mortal me encontre.

CREONTE

Já o teria feito se antes não quisesse
saber do deus exatamente o que fazer.

ÉDIPO

1440 Mas toda a fala dele já se revelou:
dar morte ao patricida, ao sacrílego, a mim.

CREONTE

Assim foi dito, mas, na situação presente,
melhor saber exatamente como agir.

ÉDIPO

Perguntarás assim em prol de um miserável?

CREONTE

1445 Sim, pois agora mesmo tu tens fé no deus.

ÉDIPO

E em ti, a quem confio e faço este pedido:
sepulta como queiras a que está na casa;
farás corretamente os ritos pela tua;
mas esta pólis de meu pai não deixes ter
1450 jamais o acaso de abrigar-me enquanto vivo.
Não, deixa-me habitar os montes, o Citéron,
já chamado de meu, que meus pais, quando vivos,
determinaram ser a minha própria tumba,
para que assim eu morra como me mataram.
1455 Mas esse tanto eu sei: que minha enfermidade
e nada mais consegue me matar, pois nunca
se foge à morte exceto para um mal pior.
Que minha moira vá para onde quer que vá.

Se dos meus filhos homens peço-te, Creonte,
1460 que não te ocupes (pois são homens e jamais
carecerão de meios, indo aonde forem),
das minhas duas pobres, infelizes virgens,
para quem nunca se dispôs a mesa à parte,
longe do pai, nas refeições, mas sim, de quanto
1465 eu comesse, compartilhavam sempre tudo,
cuida delas e sobretudo me permite
tocá-las com as mãos e prantear meus males.
Vai, senhor!
Vai, nobilíssimo! Tocasse-as com as mãos,
1470 pareceria tê-las como quando eu via.
Que é isso?
Pelos deuses, não é que escuto as minhas duas
queridas a chorar? Creonte teve pena
e me enviou as filhas mais amadas minhas?
1475 É isso?

CREONTE

É isso, pois o havia providenciado
prevendo este prazer, de que antes desfrutavas.

ÉDIPO

Feliz acaso! Que por esta via um nume
melhor vigia do que o meu acaso tenhas!
1480 Crianças, onde estais? Chegai-me aqui, chegai,
para estas mãos irmãs às vossas, minhas mãos,
que vos fizeram os outrora luzidios
olhos de vosso pai agora ver assim:
o pai que a vós, crianças, sem ver nem saber,
1485 fez surgirdes da mesma lavra em que nasceu.

Eu choro por vós duas, pois não posso ver-vos,
sabendo a dura vida que vos restará,
o tipo de viver que os homens vos darão.
A que tipo de cidadãos ireis juntar-vos?
1490 De quais festividades vós não voltareis
chorando para casa em vez de contemplando?
Tendo depois chegado à idade de casar-vos,
quem haverá, quem vai correr o risco, filhas,
de ser tomado por censura, que decerto
1495 será nociva para a minha prole e a vossa?
Que mal se ausenta? O vosso pai ao próprio pai
deu morte e arou aquela que vos engendrou,
a mesma em que ele fora semeado, e dela
gerou-vos, donde mesmo outrora ele exsurgira.
1500 Assim vão censurar-vos! Quem desposareis?
Tal homem não existe, filhas. Certamente
expirareis estéreis sem jamais casardes.
Ó filho de Menécio, visto que és o pai
restante delas, pois nós dois que as engendramos
1505 estamos destruídos, não permitas que elas,
teu sangue, vaguem sem marido em mendicância,
tampouco lhes iguales às desgraças minhas.
Tem pena delas, vendo com que tenra idade
privaram-se de tudo exceto de teu lote.
1510 Promete, nobilíssimo, tocando a mão.
Há muito que eu diria, mas querei somente
o suficiente para a vida e que ela seja
melhor a vós do que a do pai que vos gerou.

CREONTE

1515 Já choraste o suficiente. Vamos para dentro agora.

ÉDIPO

Devo obedecer, mas dói-me.

CREONTE

Tudo é belo em tempo bom.

ÉDIPO

Sabes como irei agora?

CREONTE

Tu dirás e saberei.

ÉDIPO

Manda-me para outra terra.

CREONTE

Pedes o que cabe ao deus.

ÉDIPO

Mas os deuses já me odeiam.

CREONTE

Logo tudo se dará.

ÉDIPO

1520 Dizes "sim"?

CREONTE

Não gosto de dizer em vão o
[que não penso.

ÉDIPO

Leva-me, portanto, embora.

CREONTE

Vamos, mas as filhas ficam.

ÉDIPO

Não as tires do meu lado!

CREONTE

Chega de mandar em tudo.
O poder que tu tiveste não
[te acompanhou na vida.

CORO

Pais de Tebas, cidadãos, olhai para este Édipo,
1525 que sabia o enigma insigne e foi varão tão poderoso.
Quem dos cidadãos não teve inveja, ao vê-lo, o seu acaso?
Vede a que maré de horrível perdição chegou agora!
Antes que qualquer mortal contemple aquele derradeiro
dia que contemplará, ninguém o chame de feliz
1530 sem que cruze o fim da vida não sofrendo alguma dor.

# Comentários

Nestes comentários, abordarei algumas questões que me surgiram durante o processo tradutório. Entretanto, o propósito aqui não é o de fazer um comentário da tradução; quando cito uma passagem, é de forma instrumental, para explicar alguma característica que vejo no texto grego; com esse propósito, por vezes também farei, pontualmente, traduções mais literais, por esforço didático. Também não pretendo, de forma alguma, fornecer um comentário exaustivo da peça; para esse fim, recomendo a edição comentada de Dawe, que retoma as leituras anteriores à dele e oferece outros pontos de vista. Tendo dito, então, quais não são os intuitos destes comentários, aponto finalmente seu objetivo: lançar luz sobre trechos da peça que me parecem relevantes do ponto de vista interpretativo ou estético. Uma das definições possíveis para o âmbito e a tarefa do discurso estético, a meu ver, é justamente esta: a de criar um caminho que permita conduzir o olhar do outro àquilo a que nosso próprio olhar se atém, numa tentativa de aproximar a experiência estética de um e de outro. Nesse sentido, estes comentários servem de ponte entre o texto grego e a tradução, explicando o que enxergo na peça de Sófocles e, dessa maneira, justificando sua tradução, ainda que aqui não se trate dela diretamente. Quando conveniente, apresento o texto, da edição de Storr, para auxiliar o comentário.

1 ὦ τέκνα, Κάδμου τοῦ πάλαι νέα τροφή,
Filhos de Cadmo ancião, recente prole,

1 – O verso de abertura da peça, aparentemente simples e banal, é espantoso pelo modo com que se constrói: inicia-se com um endereçamento ao coro, chamado de τέκνα ("crianças", "filhos"); passa então para um complemento nominal, Κάδμου τοῦ πάλαι ("de Cadmo antigo"); terminando, logo a seguir, com νέα τροφή ("nova prole"), um aposto ao vocativo do início do verso. Além da oposição entre πάλαι ("antigo") e νέα ("nova"), termos que se encontram um diante do outro, temos essa estrutura em que as duas pontas do verso recebem o complemento da sua porção mediana: fica-se sem saber se, sintaticamente, "de Cadmo antigo" é complemento de τέκνα ou de νέα τροφή. Semanticamente, é claro que ele se relaciona aos dois, visto que o último termo é aposto do primeiro. Mas há um efeito em exercício aqui se pensarmos o texto não como objeto estático, posto no papel, mas como fluxo enunciado pelo ator: no fluxo da fala, a primeira impressão de quem a ouve é a de que Κάδμου τοῦ πάλαι está complementando τέκνα, o termo inicial; entretanto, conforme o verso segue, o próximo termo também é sentido como recebendo o complemento de Κάδμου τοῦ πάλαι. Esse tipo de ambiguidade sintática acontecerá em outras partes da peça, e é uma parte importante da poética de Sófocles. Para mais informações sobre as ambiguidades (não só sintáticas) em Sófocles, o livro de Budelmann (2006) é fundamental.

2 τίνας ποθ' ἕδρας τάσδε μοι θοάζετε
por que vós vos lançais perante mim, prostrados,

2 – O primeiro problema de interpretação do texto aparece já no segundo verso, com o substantivo ἕδρας e o verbo θοάζετε.

Muitas vezes, são traduzidos por seus sentidos mais imediatos, respectivamente, "assentos" e "vos sentais". A partir disso, ficamos com a ideia de que Édipo pergunta por que o coro está sentado em tais assentos (talvez os degraus dos altares?). Entretanto, as duas palavras podem ter outros sentidos que, a meu ver, se coadunam melhor com a cena. Em primeiro lugar, ἕδρα, além de "assento", pode indicar também o tipo de postura que um suplicante adota ao fazer sua súplica. O verbo θοάζειν, por sua vez, além de "sentar-se", tem também o sentido de "apressar-se". Disso, podemos ter um entendimento completamente distinto da cena: Édipo chega e o coro se apressa para prostrar-se diante dele, lançando-se a seus pés de forma dramática, o que o leva a perguntar a razão de se apressarem (θοάζειν) para adotar aquela postura (ἕδρα).

14 ἀλλ' ὦ κρατύνων Οἰδίπους χώρας ἐμῆς,
Regente Édipo, senhor da minha terra,

14 – Neste verso, Édipo recebe o primeiro adjetivo que caracteriza o estatuto de seu poder, κρατύνων. A palavra é derivada de κράτος, "força", "poder". Um κρατύνων é alguém que tem poder sobre uma região, um governante. Escolhi a palavra "regente" para dar a ideia de alguém que está no poder, agindo como rei, mas que não tem a legitimidade deste. Ao longo da peça, Édipo ainda será chamado de ἄναξ, um título que, em Homero, tinha o sentido de "rei" (e era aplicado apenas a Agamêmnon ou aos deuses); na época de Sófocles, contudo, a palavra já tinha um sentido mais brando, de "senhor", "lorde". O título mais adequado, entretanto, como o próprio nome da peça indica, é o de τύραννος, palavra pela qual ele se refere a si mesmo, chamando ainda seu governo de "tirania". Ainda que, em Atenas, a palavra fosse malvista, pela aversão

dos atenienses a outros governos que não o democrático, ela não era necessariamente índice de crueldade: um τύραννος poderia fazer um bom governo, ser amado pelo povo e executar boas obras, como foi o caso de Pisístrato. Para os gregos antigos, τύραννος era o líder que subia ao poder por força, riqueza, apoio popular ou uma combinação desses elementos, e não por algum mecanismo socialmente estabelecido, como o voto ou a sucessão hereditária em uma monarquia ancestral. Édipo só será chamado de βασιλεύς ("rei") depois que se revelar filho de Laio, pois esse é o momento em que seu poder ganha um estatuto legítimo, malgrado o horror que acompanha a revelação.

15  ὁρᾷς μὲν ἡμᾶς ἡλίκοι προσήμεθα
tu vês a nossa idade, dos que nos prostramos

15 – A primeira ação de Édipo descrita por outro personagem é a de ver: "tu vês a nossa idade". Verbos de visão permeiam toda a peça, muitas vezes com sentido deslocado para capacidades intelectivas, como no verso 45, ainda nesta mesma fala do sacerdote, conforme comentarei mais adiante.

16  βωμοῖσι τοῖς σοῖς: οἱ μὲν οὐδέπω μακρὰν
em teus altares: uns ainda não têm força

16 – O fato de o sacerdote se referir aos altares como sendo de Édipo, e não dos deuses, já dá indício da condição hibrística do protagonista. Apesar disso, mais adiante, nos versos 31 a 34, o sacerdote vai precaver-se contra esse equívoco, dizendo que não considera Édipo como um dos deuses. Porém, justamente por ter de fazer essa ressalva e pelo modo com que se refere aos altares, fica-se com a impressão de que haveria aqueles que vissem Édipo como um deus. No mínimo, talvez

o próprio se visse como mais próximo de um deus do que de um mortal, uma arrogância condizente com o modo com que ele se refere a si mesmo no verso 8.

22 πόλις γάρ, ὥσπερ καὐτὸς εἰσορᾷς, ἄγαν
pois a cidade, como vês, demasiado

22 – Novamente a referência ao fato de Édipo poder ver como está a cidade, retomando o verso 15. O trecho entre esses dois versos cumpre o papel de descrever a cena, que provavelmente era preenchida mais pela imaginação dos espectadores do que por elementos visuais. Após essa descrição, retoma-se a visão de Édipo, tanto como efeito retórico, para prosseguir com o discurso, dando por findo o parêntese, quanto para constituir o acúmulo de referências aos olhos do protagonista, de modo a ampliar o páthos da cena final. Em adição, note-se que, no texto grego, pensado sem pontuação e como produto de um fluxo de fala, o verso se conclui assim: "pois a pólis como tu próprio enxergas demasiadamente". Antes de ouvirmos o próximo verso e descobrirmos que o advérbio "demasiadamente", na verdade, aplica-se a um verbo relacionado à pólis, e não ao fato de Édipo ver, por um breve momento ficamos com a informação de que Édipo enxerga demasiadamente.

27 ἀγόνοις γυναικῶν· ἐν δ᾽ ὁ πυρφόρος θεὸς
e aos filhos natimortos. Foi o deus do fogo
28 σκήψας ἐλαύνει, λοιμὸς ἔχθιστος, πόλιν,
que a trouxe, peste horribilíssima, à cidade.

27-8 – Há aqui mais uma ambiguidade, gerada por λοιμὸς ἔχθιστος ("peste odiosíssima"), sintagma que poderia ser entendido como aposto de um termo elidido (talvez um demonstrativo neutro plural, ταῦτα, "essas coisas", retomando as desgraças mencionadas nos versos anteriores). Entretanto, por estar no nominativo é sentido como agente do verbo e aposto de seu sujeito, ὁ πυρφόρος θεός ("o deus que carrega o fogo"), numa relação metonímica entre produto e produtor.

40 νῦν τ᾽, ὦ κράτιστον πᾶσιν Οἰδίπου κάρα,
Fronte de Édipo, mais forte dentre todas,

40 – Era comum que os gregos se dirigissem a uma pessoa como "cabeça de fulano" ou "querida cabeça". Quis manter esse e alguns outros estranhamentos como parte de um projeto estético que intensificasse no leitor/espectador uma experiência de alteridade ao fruir o texto.

44 ὡς τοῖσιν ἐμπείροισι καὶ τὰς ξυμφορὰς
pois eu julgo os eventos já vivenciados
45 ζώσας ὁρῶ μάλιστα τῶν βουλευμάτων.
por homens experientes o melhor conselho.

44-5 – O sacerdote diz que, dentre os conselhos, vê sobretudo as ξυμφοράς ("conjunturas", "desgraças", "dificuldades") vividas pelos homens experientes. O verbo de visão pode ser entendido, aqui, como "preferir" ou como tendo um complemento elidido: ele as vê [como superiores]. Seja qual for o entendimento sintático, a ideia é razoavelmente clara, sendo notável o acúmulo de palavras ligadas à visão ao longo da peça, de modo a potencializar o efeito trágico do cegamento de Édipo ao fim da trama.

53 παρέσχες ἡμῖν, καὶ τανῦν ἴσος γενοῦ.
ao nosso lado: agora deves ser igual.

53 – Há certa ironia trágica em pedir a Édipo que se "torne igual". Tornar-se igual a si mesmo é reforçar um princípio de identidade, um movimento que precisa passar por certo conhecimento de si mesmo. Na "Ode Pítica II", de Píndaro, por exemplo, o poeta diz para Hierão tornar-se quem ele é, tendo descoberto quem ele seja. Por esse contraste, claro, não suponho que o sacerdote tivesse a intenção de dizer a Édipo que descubra sua identidade: a ironia trágica se constrói justamente por esse tipo de discurso que, para os espectadores (que conheciam em moldes gerais as tramas, vindas do mito), tinha um sentido diferente daquele intuído pelo personagem e compreendido pelos outros em cena.

54 ὡς εἴπερ ἄρξεις τῆσδε γῆς, ὥσπερ κρατεῖς,
Se desta terra vais ser rei, como és regente,
55 ξὺν ἀνδράσιν κάλλιον ἢ κενῆς κρατεῖν:
melhor regê-la com seus homens que vazia,

54-5 – O problema do estatuto do poder de Édipo, colocado em evidência no início desta primeira fala do sacerdote, é retomado a seu final: apesar de Édipo governar (κρατεῖν) a cidade, ele não a preside, não é o príncipe (ἄρχων). O verbo ἄρχειν se encontra numa escala superior de legitimidade de poder em relação a κρατεῖν. O que podemos deduzir dessa fala um tanto quanto chantagista é uma promessa de que poderia haver alguma forma de o estatuto do poder de Édipo se alterar (talvez pela legitimidade do tempo?) de κραττύνων para ἄρχων, mas isso só teria valor, evidentemente, se ele conseguir salvar a cidade dessa nova ameaça fatal.

58 ὦ παῖδες οἰκτροί, γνωτὰ κοὐκ ἄγνωτά μοι
Pobres filhos! Conheço bem – não desconheço –
59 προσήλθεθ' ἱμείροντες· εὖ γὰρ οἶδ' ὅτι

o que viestes desejando, pois bem sei
60 νοσεῖτε πάντες, καὶ νοσοῦντες, ὡς ἐγὼ
que todos adoecem, mas, adoecendo,
61 οὐκ ἔστιν ὑμῶν ὅστις ἐξ ἴσου νοσεῖ.
nenhum de vós está doente igual a mim,
62 τὸ μὲν γὰρ ὑμῶν ἄλγος εἰς ἕν᾽ ἔρχεται
pois para vós a dor vos vem singularmente:
63 μόνον καθ᾽ αὑτὸν κοὐδέν᾽ ἄλλον, ἡ δ᾽ ἐμὴ
sozinho, cada qual por si. Contudo, a minha
64 ψυχὴ πόλιν τε κἀμὲ καὶ σ᾽ ὁμοῦ στένει.
alma por mim, por ti e pela pólis sofre,

58-64 – A retórica de Édipo, por toda a peça, é impressionante, mas esse trecho sobressai pela variedade de mecanismos usados para garantir a efetividade de seu discurso. De início, ele novamente se dirige aos membros do coro a partir de uma postura paternal: no primeiro verso da peça, já os chamara de τέκνα ("crianças") e de νέα τροφή ("jovem prole"); agora, chama-os de παῖδες ("filhos"). Nesse modo de interpelação, Édipo reforça tanto uma hierarquia patriarcal como uma relação de afeto, garantindo que seu discurso seja aceito como a palavra de alguém superior e bem-intencionado. Na sequência, afirma que as coisas buscadas pelo coro lhe são γνωτά ("conhecidas") e não αγνῶτα ("desconhecidas"), valendo-se de um expediente retórico, pelo paralelismo dos termos, que salienta a impressão de preparo e cuidado que quer apresentar. Unindo esses dois recursos, conclui com o argumento de que, mesmo sabendo que a cidade e todos estão doentes, ninguém está doente como ele, visto que sofre por todos. A ironia trágica é gritante: o que, para Édipo, é um artifício de convencimento para ganhar a confiança do coro, manifestando seu sofrimento por todos como uma espécie de doença, para quem está de fora, lendo ou assistindo à peça, é um primeiro lembrete de que a condição de Édipo é a da mácula, do μίασμα; sua doença é muito mais real do que ele próprio imagina.

76 ὅταν δ' ἵκηται, τηνικαῦτ' ἐγὼ κακὸς
Mas, quando ele chegar, de pronto serei vil
77 μὴ δρῶν ἂν εἴην πάνθ' ὅσ' ἂν δηλοῖ θεός.
caso não faça tudo quanto o deus mostrar.

76-7 – A quebra do verso 76 para o 77 é um exemplo paradigmático de uso habilidosíssimo de enjambement. Até o final do verso 76, tem-se uma unidade de sentido completa: "[m]as, quando ele chegar, de pronto serei vil". De fato, será exatamente isso que acontecerá: a chegada de Creonte marcará o início do processo de revelação de Édipo como o mais vil dos seres humanos. Essa ironia trágica nos assombra por um breve momento. Depois se dispersa com o complemento do verso 77: "caso não faça tudo quanto o deus mostrar".

78 ἀλλ' εἰς καλὸν σύ τ' εἶπας οἵδε τ' ἀρτίως
Falaste bem na hora, pois ao mesmo tempo
79 Κρέοντα προσστείχοντα σημαίνουσί μοι.
me sinalizam que Creonte se aproxima.

78-9 – Aqui aparece a primeira de muitas coincidências que se seguirão ao longo da peça. Talvez não seja tão interessante considerar se são forçadas ou não: o que me parece mais relevante é notar como fazem parte da caracterização da realidade edipiana, reforçando uma *suspension of disbelief* ao mesmo tempo que colocam em xeque a abertura de Édipo para seu próprio arbítrio dentro da moira que o nume lhe teceu.

80 ὦναξ Ἄπολλον, εἰ γὰρ ἐν τύχῃ γέ τῳ
Senhor Apolo, que no acaso salvador

80 – Pela primeira vez, aparece a τύχη, o "acaso". No decorrer da peça, veremos uma abundância de termos derivados, como τυγχάνειν ("calhar de", "acontecer de"), o adjetivo δυστυχής ("de mau acaso") e o verbo εὐτυχεῖν ("ter um bom acaso"). Busquei incorporar a palavra "acaso" em cada uma dessas ocorrências. Pareceu-me a escolha mais feliz para esse conceito central da peça: a τύχη é uma força elementar do mundo, uma divindade ela mesma, que faz com que as coisas aconteçam de maneira inesperada, por acaso, aleatoriamente, sem razão aparente. De certo modo, confunde-se com a noção de "sorte" ou "destino". Porém, essas palavras têm tendências muito fortes: "sorte" tem muito a ver com algo bom (ou ruim, no caso de má sorte), ao passo que "destino" opera um fechamento no horizonte possível de ação. Se Édipo tem ou não algum controle, alguma abertura na moira que lhe cabe, é uma das questões mais importantes do texto até hoje, havendo defensores tanto de uma como de outra interpretação. Tentei escolher um termo que deixasse a questão em aberto.

105 ἔξοιδ᾽ ἀκούων· οὐ γὰρ εἰσεῖδόν γέ πω.
Sei bem por ter ouvido, mas jamais o vi.

105 – Dois modos de conhecimento sensível são contrastados nessa fala de Édipo: ouvir versus ver. A esses modos, referem-se dois verbos amiúde encontrados na peça: πυνθάνομαι ("saber por ter ouvido") e εἰδέναι ("saber por ter visto"); no trecho em questão, contudo, usa-se apenas o último, dando-se a ideia de que, de tanto ouvir, Édipo o sabe como se tivesse visto. A tragédia de Édipo é, em grande medida, uma tragédia

do conhecimento:* malgrado os conselhos para abandonar a causa, Édipo busca o tempo todo descobrir, aprender, desvendar coisas sobre o assassinato de Laio e sobre si mesmo. Esse conhecimento, eventualmente, criará o espaço para sua autodestruição. Se Édipo tinha alguma possibilidade de evitar sua moira, talvez seja uma questão que jamais resolveremos; em contrapartida, parece-me razoavelmente seguro que poderia haver uma abertura para que ele evitasse descobrir o que veio a descobrir, como atestam os versos 110-1. Se essas duas hipóteses interpretativas se aceitam, Édipo pode simbolizar algo terrível sobre a condição humana: estamos fadados a desgraças, e o melhor que podemos fazer é permanecer ignorantes sobre quando e como elas ocorrerão. Todas as ações de Édipo para evitar a profecia de que iria matar o pai e unir-se com a mãe apenas o levaram justamente a cumprir essa sina, deixando Corinto e indo para Tebas; ao mesmo tempo, seus esforços para compreender o que aconteceu e conhecer a si mesmo apenas o levarão a destruir-se.

120 τὸ ποῖον; ἓν γὰρ πόλλ᾽ ἂν ἐξεύροι μαθεῖν,
Mas qual? Pois de uma coisa muitas se descobrem.

120 – É gritante a ironia trágica na frase: de uma coisa, de fato, Édipo irá descobrir muitas, não só as que esperava.

128 κακὸν δὲ ποῖον ἐμποδών, τυραννίδος
Que mal perante os pés, havendo a tirania

---

* Nesse sentido, recomendo a leitura de Marshall (2000) de *Édipo Tirano* como uma "tragédia do saber", tratando das imbricações entre conhecimento, verdade e poder.

128 – Surge aqui a primeira de muitas referências a "pés" ao longo da peça. Assim como as ironias, elas cumprem um papel externo ao diálogo dos personagens, evidenciando uma ligação tão íntima quanto inconsciente entre Édipo, "o de pés inchados", e o assassino de Laio. No verso 130, a resposta de Creonte apresentará um eco a esses "pés". O ouvinte que estivesse apenas desconfiado de que a primeira referência a "pés" foi intencional, ao ouvir o verso 130, certamente se convenceria de que foi. A respeito das muitas referências a "pés" na peça, recomendo o artigo de Catenaccio (2012).

140 κἄμ' ἂν τοιαύτῃ χειρὶ τιμωροῦνθ' ἕλοι.
de mim também vingar-se com semelha mão.

140 – A mão que se vingará de Édipo não poderia ser mais semelhante: será a dele própria. Além da ironia trágica, cria-se ainda mais expectativa pelo que está por vir.

151 ὦ Διὸς ἁδυεπὲς φάτι, τίς ποτε τᾶς πολυχρύσου
Doce mensagem de Zeus, quem és tu que da pluridourada

151 – É curioso que o coro se refira à mensagem como sendo de Zeus. Reiteradamente já se falou que a mensagem é de Apolo, vinda de Pito. Podemos talvez entender isso como uma metonímia: a mensagem é de Zeus na medida em que Apolo é seu filho. Ou podemos entender que Apolo é apenas peça de uma engrenagem maior, comandada por Zeus.

154 ἰήιε Δάλιε Παιάν,
Iéio Délio Peã!

154 – Febo é chamado de ἰήιος, ou seja, aquele que é invocado por gritos de "ié". Não é difícil imaginar que, nesse verso, a

própria palavra fosse cantada como um grito, de modo que me pareceu apropriado, numa reconstrução da musicalidade do texto, traduzi-la como "iéio", que, além disso, traz um estranhamento potencialmente positivo, como já antes mencionado.

216 αἰτεῖς: ἃ δ' αἰτεῖς, τἄμ' ἐὰν θέλῃς ἔπη
Tu pedes. Do que pedes, se quiseres dar
217 κλύων δέχεσθαι τῇ νόσῳ θ' ὑπηρετεῖν,
ouvido a mim e preocupar-te da doença,
218 ἀλκὴν λάβοις ἂν κἀνακούφισιν κακῶν:
encontrarás auxílio e alívio contra males.

216-8 – Diante do canto repleto de páthos, recém-cantado pelo coro, Édipo retoma o andamento do diálogo respondendo a essa carga emocional com uma frase igualmente rica do ponto de vista lógico e sintático: tudo se relaciona ao pronome relativo neutro plural ἅ ("as coisas que"), em função de acusativo de relação, que retoma um termo elidido (talvez ταῦτα, "essas coisas"), o qual seria objeto de αἰτεῖς ("tu pedes") e se referiria às coisas pedidas pelo coro. Disso, tem-se, resumidamente, algo como "Tu pedes [essas coisas]. Em relação às coisas que pedes, se me ouvires, terás alívio dos males". Após a hipótese lançada como resposta e em relação às coisas ditas pelo coro, Édipo retoma novamente, no verso 219, o pronome relativo ἅ, incorporado em ἀγώ (elisão de ἅ com ἐγω, "em relação a essas coisas, eu"), dando sequência a seu discurso. Toda essa complexidade sintática e lógica cria um contraste intenso entre o caráter passional do coro e o caráter cerebrino de Édipo.

220 ξένος δὲ τοῦ πραχθέντος: οὐ γὰρ ἂν μακρὰν
alheio ao que ocorreu: não poderia ir longe
221 ἴχνευον αὐτός, μὴ οὐκ ἔχων τι σύμβολον,
em tal procura não me havendo algum indício,

220-1 – Em dois versos seguidos, Édipo salienta o fato de ser (ou melhor: pensar ser) ξένος ("estrangeiro"). Na sequência, no verso 223, diz que só tardiamente se tornou cidadão tebano. Esses dados contrários à realidade somam-se para aumentar nossa angústia ao acompanhar o desenrolar da trama.

227-35 – O arrolamento de uma longa sequência de hipóteses sobre os motivos pelos quais alguém não daria informação sobre o assassinato de Laio, bem como de razões para saná-los, constitui mais uma demonstração impressionante da capacidade intelectiva de Édipo, que se tornou rei e se mantém no poder justamente mediante essa característica. O que se segue é um exemplo longo do que talvez tenha sido o reinado de Édipo, do tipo de justiça que praticava.

259-65 – Assim como os espectadores gregos, nós já sabemos que Édipo se senta no trono de Laio, dorme com sua esposa em sua cama, tem filhos com ela etc. Ainda assim, vê-lo descrever esses dados é algo terrível, que intensifica ainda mais o horror da peça e nossa expectativa de ver a trama resolvida. Esse sentimento se consolida nos versos 264-5, quando Édipo diz que lutará como se fosse pelo próprio pai: a ironia trágica é imensa.

273-5 – Como um político experiente e astuto, Édipo termina seu discurso invocando uma bênção dos deuses aos cidadãos que cumprirem suas ordens. Aqui talvez transpareça mais esse tipo de inteligência utilitarista do que uma real piedade da parte do personagem.

284 ἄνακτ' ἄνακτι ταῦθ' ὁρῶντ' ἐπίσταμαι
Um senhor ao senhor vidente semelhante,

285 μάλιστα Φοίβῳ Τειρεσίαν, παρ' οὗ τις ἂν
semelho a Febo, só Tirésias, junto a quem,
286 σκοπῶν τάδ', ὦναξ, ἐκμάθοι σαφέστατα.
buscando, meu senhor, se aprende com clareza.

284-6 – Para falar de Apolo e de Tirésias, o coro adota uma linguagem críptica, enviesada, como se fosse a de um oráculo. Note-se a repetição da palavra ἄναξ ("senhor") em três casos diferentes, referindo-se a três entidades diferentes: no acusativo, a Tirésias; no dativo, a Apolo; no vocativo, a Édipo. Além do efeito sonoro da repetição, isso também coloca esses três personagens em pleno contraste. Também a distância entre elas e seu posicionamento é significativo: o nome de Tirésias se encontra ao lado do de Apolo (Febo), assim como o ἄναξ que se refere a um está junto do ἄναξ que se refere ao outro; ambos estão distantes do ἄναξ que se refere a Édipo, e Tirésias intermedeia, no fluxo das palavras, o caminho entre Febo e a referência a Édipo, cujo nome é omitido. Com risco de incorrer em uma hiperinterpretação, poderíamos pensar na simbologia dessa omissão considerando o sentido do fato de Édipo ainda não saber quem é: em vez da menção a seu nome, temos, no final do verso, a ideia de "compreender de modo claríssimo".*

324 ὁρῶ γὰρ οὐδὲ σοὶ τὸ σὸν φώνημ' ἰὸν
Eu vejo não a ti a tua fala ser

324 – Novamente, temos aqui o uso de ὁράω ("eu vejo") no lugar de um verbo como ἡγέομαι ("considero"). Além do acúmulo já mencionado, com vistas a potencializar o final da peça,

---

* Recomendo o artigo de Lattimore (1975) para mais desdobramentos das relações entre Édipo e Tirésias.

há que se considerar que Tirésias, um cego, dizendo "eu vejo",
por si só, já é algo que causa estranhamento.

326 μὴ πρὸς θεῶν φρονῶν γ᾽ ἀποστραφῇς, ἐπεὶ
Pelos deuses, se entendes, não nos abandones!
327 πάντες σε προσκυνοῦμεν οἵδ᾽ ἱκτήριοι.
Todos nós te imploramos, estes suplicantes!

328 πάντες γὰρ οὐ φρονεῖτ᾽: ἐγὼ δ᾽ οὐ μή ποτε
Todos não entendeis, mas eu jamais irei
329 τἄμ᾽, ὡς ἂν εἴπω μὴ τὰ σ᾽, ἐκφήνω κακά.
expor meus males para não dizê-los teus.

326-9 – Édipo (vv. 326-7) inclui-se entre os suplicantes do coro, dizendo "todos esses suplicantes te imploramos". Na fala de Tirésias (vv. 328-9), há um eco desse "todos" (πάντες) na mesma posição em que ocorre na fala de Édipo: em destaque, no início do verso.

337 ὀργὴν ἐμέμψω τὴν ἐμήν, τὴν σὴν δ᾽ ὁμοῦ
Censuras minha têmpera, porém a tua,
338 ναίουσαν οὐ κατεῖδες, ἀλλ᾽ ἐμὲ ψέγεις.
com quem convives, não enxergas e me culpas.

337-8 – A fala de Tirésias tem um quê de irônica ao dizer "tu não vês a tua, com quem convives": ainda que "tua" se refira à têmpera de Édipo, soa, aos nossos ouvidos, por já sabermos o enredo, como se referindo a Jocasta.

380-9 – Aqui se vê como, no contexto da peça (ou pelo menos na perspectiva de Édipo), a tirania não é algo horrível, mas, sim, um dom a ser cobiçado por quem não o tem.

390-403 – Enquanto elabora suas teorias de conspiração, Édipo nos dá indícios de que aquela recepção com exagerado respeito demonstrado a Tirésias talvez não tivesse sido completamente honesta: o fato de ter imitado a postura do coro e mesmo se incluído nele talvez seja indício de que Édipo estava apenas atuando, adotando uma persona diferente da que realmente tem. Aqui, quando confronta Tirésias por não ter resolvido o problema da Esfinge, parece vir à tona uma disposição já anterior que o tirano pudesse ter em relação ao adivinho.

410 – Tirésias indica que seu poder vem de Apolo, único a quem se submete. Édipo não parece reconhecer esse estatuto, dando mostras cada vez maiores de desrespeito aos deuses e descrença em seu poder.

413 – Tirésias, cego, acusa Édipo de não ver nem enxergar aquilo que para o adivinho é manifesto: o horror do matrimônio e da progênie de Édipo.

445 κομιζέτω δῆθ᾽· ὡς παρὼν σύ γ᾽ ἐμποδὼν
Que guie! Estando aqui e atrapalhando os pés,

445 – Novamente algo é caracterizado como ἐμποδών ("obstáculo diante dos pés").

449-62 – Se alguém na plateia em Atenas ou um leitor/espectador entre nós ainda não soubesse a trama, neste ponto a veria inteiramente prevista na fala de Tirésias, numa prolepse que se soma aos demais recursos de acúmulo de tensão. Neste momento, por volta de um terço da peça já se concluiu: a ocasião já foi construída, o fim da trama já foi previsto e Édipo já recebeu todas as respostas, por mais que ainda não as possa compreender. Pelos próximos setecentos versos aproximadamente, pouco mais de um terço da peça, acompanharemos Édipo em sua compreensão do que foi dito aqui por Tirésias. Por fim, os pouco menos de quatrocentos versos restantes apenas nos mostrarão o resultado dessa descoberta.

456 – A visão futura de Édipo vagando cego, apoiado em uma bengala, tem um forte efeito de fechamento de ciclo, visto que, como argumenta Catenaccio (2012), a figura do velho com a bengala remete ao início do reino de Édipo, quando ele desvendou o enigma da Esfinge.

545 λέγειν σὺ δεινός, μανθάνειν δ᾽ ἐγὼ κακὸς
Tu falas muito bem, mas eu aprendo mal

545 – Antes de ouvir o próximo verso, por um momento, ficamos com a ideia de que Édipo aprende mal. Isso ecoa uma verdade externa à cena: Édipo aprende mal aquilo que nós já sabemos e vemos o tempo inteiro se manifestar a ele. Somente com o próximo verso é que a verdade externa se apazigua com a limitação dessa dificuldade de aprender: Édipo aprende mal de Creonte.

587-9 – A sabedoria prática de Creonte, descrita nos versos anteriores, resume-se aqui a uma máxima que nos ajuda a pôr em perspectiva o estatuto de tirano: é melhor ter os poderes de um tirano do que ser o tirano. Pelo que vimos no decorrer da conversa, Édipo, Jocasta e Creonte dividiam o poder igualmente, ainda que sobre os ombros de Édipo pese esse temor, próprio do cargo. Se o temor se refere às preocupações e responsabilidades assumidas, ao medo de ser destronado ou ainda às duas coisas, ficamos sem saber ao certo. De toda forma, o mais interessante a se pensar, a partir dessa informação de que os três governam com o mesmo poder, é que a peça nos apresenta três governantes com destinos distintos: Édipo e Jocasta sofrerão reviravoltas que os levarão da fortuna ao infortúnio; Creonte, que começa a peça sob ameaças de Édipo, irá do infortúnio a uma espécie de fortuna (apesar de perder o cunhado e a irmã, ele se torna o regente único da cidade). A diferença entre Édipo e Jocasta é que o primeiro sobrevive ao infortúnio, operando a justiça do deus sobre si mesmo, pelo que se poderia dizer que ele se torna uma figura nobre e redimida; Jocasta, por sua vez, aplica uma justiça muito mais fulminante sobre si mesma, suicidando-se. Temos, assim, um destino feliz (o de Creonte), um destino mediano (o de Édipo) e um destino triste (o de Jocasta).

614-5 – Depois de uma longa série de argumentos expostos numa tentativa de convencer Édipo de que sua amizade é sincera, Creonte termina sua fala com esses que são talvez alguns dos melhores versos da peça: de fato, todo o enredo transcorre ao longo de um único dia, no qual Édipo é levado do topo da existência à mais ínfima posição, banido da sociedade.

649-96 – Chegamos ao primeiro *kommós* ("lamento") da peça. Ele se constrói por uma estrutura que se repete em estrofe e antístrofe. Nessa estrutura, veem-se versos cantados do coro se entrelaçando com versos falados pelos personagens.\* Em especial, o coro vale-se do metro dócmio, que sabemos ter sido usado nos momentos de maior tensão emocional na tragédia. O contraste entre o desespero do coro e a luta cerebral dos personagens terá um duplo no próximo e último *kommós*

---

\* O artigo de Scott (1996) traz considerações importantes a respeito do quão inovadora a estrutura desse *kommós* poderia ter sido na época.

da peça, nos versos 1313 a 1368, em que Édipo, já cego, lançará versos cantados aos quais o coro responderá, por sua vez, com versos falados, numa inversão que representa estruturalmente a queda de Édipo da fortuna para a desgraça.

707-25 – Exatamente no ponto médio da peça, encontra-se esta fala ominosa de Jocasta, que se revela horripilante no seu esforço em garantir a Édipo que tudo acabará bem. Os mesmos dados que ela oferece para acalmá-lo e assegurá-lo de que não foi ele quem matou Laio serão aqueles que o levarão a perceber que não só assassinou o antigo rei de Tebas, mas também, ao fazê-lo, matou o próprio pai.

813 κτείνω δὲ τοὺς ξύμπαντας. εἰ δὲ τῷ ξένῳ
Matei os outros todos. Mas, se esse estrangeiro
814 τούτῳ προσήκει Λαΐου τι συγγενές,
tiver com Laio um laço familiar que seja,

813-4 – Édipo vale-se de uma espécie de eufemismo: resumidamente, em vez de dizer "se aquele homem era Laio", diz "se aquele homem tivesse alguma relação de parentesco com Laio". Nessa construção eufemística, revela-se, em ironia trágica, sua própria relação com o homem que assassinou. Ou seja: mesmo ao tentar ocultar seu feito, por meio da amenização dos fatos, Édipo acaba por revelá-lo ainda mais.

863-910 – Neste terceiro coro, a tensão entre humano e divino atinge o ápice. Como Silberman (1986) aponta, o próprio coro parece lançar uma ameaça à divindade, dizendo que não mais irá a Delfos se os vaticínios dados não se cumprirem. Em contrapartida, talvez pudéssemos entender essas palavras do coro como uma espécie de discurso cuidadoso: seria temeroso da parte de seus membros, que possuem um estatuto inferior ao de Édipo e Jocasta, lançar suspeitas sobre seus regentes.

872 ὕβρις φυτεύει τύραννον: ὕβρις, εἰ
Híbris produz o tirano. Híbris, ao

872 – Este talvez seja o verso mais famoso de Sófocles: ὕβρις φυτεύει τύραννον ("Híbris produz o tirano").* Curiosamente, também é um dos versos mais problemáticos, porque a ideia segue uma lógica inversa à observada no restante da literatura, em que a tirania é quem produz a híbris ("excesso", "violência", "desmedida"), e não o oposto, conforme atesta a peça de Sófocles. Por conta disso, alguns editores chegam mesmo a alterar o texto, como Dawe, que anota: ὕβριν φυτεύει τυραννίς ("tirania produz híbris"). Felizmente, a "última flor do Lácio, inculta e bela", não se atém a essas minúcias de marcação sintática na declinação das palavras, de modo que, dentro de um discurso poético, em que a ordem das frases é frequentemente invertida, creio que o leitor ou ouvinte possa facilmente entender "híbris", em "híbris produz o tirano", tanto como sujeito quanto objeto do verbo, à sua preferência interpretativa. Foi assim que resolvi o dilema, evitando resolvê-lo.

927 στέγαι μὲν αἵδε, καὐτὸς ἔνδον, ὦ ξένε:
O lar é este, e o próprio está lá dentro, estranho.
928 γυνὴ δὲ μήτηρ ἥδε τῶν κείνου τέκνων.
Esta mulher aqui é mãe dos filhos dele.

* Para Vellacott (1967), o coro, aqui, já estaria propenso a culpabilizar Édipo: a híbris que ele cometeu ao matar Laio teria sido o caminho para transformá-lo em tirano. Aproveito para apontar que, neste coro, alterei a disposição das palavras nos versos (na edição de Storr, ὕβρις, εἰ pertence ao verso seguinte), seguindo algumas propostas de Dawe em termos de organização, mas não de correções.

927-8 – Na fala do coreuta, por um momento, cria-se a expectativa de que ele irá apresentar Jocasta como a mãe de Édipo: só depois da cesura, no segundo hemistíquio do verso 928, temos a informação de que ela é mãe dos filhos dele, e não dele. Parece ser o único momento em que esse tipo de efeito, abundantemente visto em falas de Édipo, ocorre numa fala do coro.

945-9 – Jocasta, que antes já dissera, nos versos 857 e 858, que não olharia para cá nem para lá por causa de um vaticínio, fazendo pouco da arte dos vates, agora zomba também do oráculo dos deuses, mostrando-se uma figura tão hibrística quanto o próprio Édipo e constituindo-se num duplo dele.

964-72 – Repetindo o movimento há pouco feito por Jocasta, Édipo apresenta-se também numa posição de questionamento da validade de toda forma de consulta ao divino.

977-8 – Jocasta demonstra ter uma piedade e uma visão de mundo idênticas às de Édipo: para ela, assim como para o filho e esposo, o ser humano é regido pelo Acaso.

984 καλῶς ἅπαντα ταῦτ' ἂν ἐξείρητό σοι,
Muito bem dito tudo estaria por ti
985 εἰ μὴ 'κύρει ζῶσ' ἡ τεκοῦσα: νῦν δ' ἐπεὶ
se minha mãe não mais vivesse, mas ainda
986 ζῇ, πᾶσ' ἀνάγκη, κεὶ καλῶς λέγεις, ὀκνεῖν.
vive e devo temer por mais que fales bem.

984-6 – De início, temos a impressão de que Édipo irá concordar plenamente com Jocasta: καλῶς ἅπαντα ταῦτ[α] ("belamente todas as coisas essas"). É só na segunda metade do verso 984, com a marcação modal (ἄν), que percebemos que não. O próximo verso formula a condição que poderia levar Édipo a concordar com Jocasta. Na sequência, como a condição não ocorre, Édipo diz o que lhe resta fazer.

982-3 – Curiosamente, como argumenta Harsh (1958), Jocasta parece nos aconselhar a rejeitar uma interpretação freudiana para a peça. Sobre a aplicabilidade das ideias de Freud à peça, recomendo o artigo de Verhoeff e Hijkoop (1984) e o capítulo a esse respeito do livro de Vernant e Vidal-Naquet (2005).

1032-5 – A revelação da trava aguçada, jungindo os pés de Édipo, já devia ser o suficiente para fazê-lo se lembrar da fala de Jocasta, descrevendo semelhante método aplicado aos pés do bebê que Laio mandou matar.

1036 ὥστ᾽ ὠνομάσθης ἐκ τύχης ταύτης ὃς εἶ.
Por esse acaso tens o nome que tu tens.

1036 – O nome de Édipo, criado pela união do verbo οἰδέειν ("inchar-se") com πούς ("pé"), segundo o mensageiro, faria referência ao defeito nos pés do protagonista, por causa da citada trava que lhe jungia os pés quando bebê. Além disso, como menciona Edmunds (1981), a terminação em -πους também é muito comum nos epítetos das Erínias, o que fortaleceria ainda mais a inserção do personagem no campo semântico dessas deusas que punem os crimes consanguíneos.

1056-7 – A fala de Jocasta dá claro indício de que ela já havia compreendido o horror. É possível imaginá-la, em cena, reagindo às revelações anteriores do mensageiro e tentando esconder seu desespero ao compreender os fatos expostos.

1061-2 – Édipo, por sua vez, mostra não só que ainda não compreendeu mas que persiste em sua paranoia: imagina que Jocasta não gostaria que ele ouvisse o testemunho por temer que fosse filho de alguém de classe baixa.

1080 ἐγὼ δ' ἐμαυτὸν παῖδα τῆς Τύχης νέμων
Mas eu próprio, que julgo ser filho do Acaso
1081 τῆς εὖ διδούσης οὐκ ἀτιμασθήσομαι.
rico em presentes, não terei desonra alguma.

1080-1 – Talvez alguns dos versos mais importantes para a compreensão da peça: o que significaria ser "filho do Acaso"? À luz do que já havia afirmado acerca da invalidade das formas de consulta aos deuses, diante do desprezo que demonstrou em relação a Tirésias, Édipo parece ter uma concepção de mundo firmada, justamente, no acaso. Acreditar-se filho do Acaso tem um valor ontológico e metafísico de negação da possibilidade de um destino fixo, definido por uma lógica maior. Nesse sentido, há também um valor de afirmação da própria capacidade de escolher seu caminho: se o destino humano não está definido, existe liberdade de escolha. Isso parece ser aquilo em que Édipo acredita neste momento específico da peça. Além disso, parece ainda mostrar alguma confiança na ideia de que o Acaso lhe será benévolo, de muitos presentes, como foi já outras vezes no passado.

1171-2 – Após a confirmação de que o bebê era filho de Laio, segue-se um diálogo entrecortado, em que Édipo interroga o servo com vertiginoso ímpeto e crescente tensão.

1237-84 – O arauto cumpre a função importante de descrever o que aconteceu dentro do palácio, cujo interior não seria visível para os espectadores. De fato, talvez a descrição dos atos, depois de toda tensão e expectativa de sua consumação, tenha um potencial catártico ainda mais intenso do que a própria visão do horror. Pela descrição, dá-se a entender que Édipo entrara no palácio decidido a matar Jocasta. Talvez até intencionasse matar a si mesmo e aos filhos na sequência. Porém, foi surpreendido pela visão da mãe/esposa já morta, enforcada. O fato de Jocasta tirar a própria vida e não depender de Édipo para sofrer sua destruição reforça o espelhamento entre os personagens, a noção de que um é o duplo do outro. O próprio arauto salienta que tudo foi feito não por um sozinho, mas pelos dois.

1313-68 – Eis o segundo e último *kommós* da peça, que, como já mencionado, opera em contraste com o *kommós* anterior: antes o coro cantava, desesperado, e os personagens lutavam com palavras entre si; agora, Édipo, destruído, é quem canta enquanto o coro lamenta sem cantar.

1329-30 – Ao término de tudo, Édipo reconhece que foi Apolo quem causou todos os males que sofreu. Ao mesmo tempo, porém, aponta que foi sua própria mão quem executou a pena por seus crimes. Se antes Édipo parecia ter uma concepção de mundo em que acaso e arbítrio conviviam, agora parece converter-se para uma visão distinta, em que o desígnio dos deuses é superior a tudo, restando à mão dos mortais apenas a tarefa inescapável de cumpri-lo. Como Vellacott (1964) e, mais recentemente, Ahrensdorf (2004) argumentam, o fim da peça mostra um triunfo da teocracia sobre o racionalismo político; ao mesmo tempo, apresenta Édipo como uma figura nobre e reintroduzida no domínio da piedade religiosa, pelo castigo que ele se autoimpõe a fim de restaurar a ordem das coisas do ponto de vista divino.*

1369-1513 – Já descrito o horror acontecido dentro do palácio e exposta a figura de Édipo cega, pontos de eclosão da tensão acumulada desde o início da peça, o poeta agora apenas mantém os personagens em cena para dar-nos tempo de descarregar a emoção e o envolvimento que havíamos construído em relação à história. Já atingida a catarse, esses 150 versos finais servem apenas para prever a tristeza que marcará Édipo e seus filhos no restante de suas vidas.

1515-30 – Esses versos, em tetrâmetros trocaicos, são considerados espúrios por alguns em vista de usos linguísticos e literários inesperados. Para esses críticos, como Dawe (2001), para quem todos os versos desde o 1424 seriam espúrios, o fim original apresentaria Édipo partindo para o exílio, ao passo que o fim que temos seria o trabalho de um interpolador que quis alterar o final da peça para adequá-lo ao enredo de *Édipo em Colono*. Nessa linha, Budelmann (2006) concorda com algumas das evidências apontadas por Dawe, mas argumenta que as interpolações poderiam ser apenas pontuais, por meio de alguns versos que teriam sido inseridos. Outros críticos, entretanto,

---

\* Sobre a importância de Apolo e do fator religioso na peça, recomendo o artigo de Griffith (1993), que executa ainda uma tentativa de refutar a tese de Ahl (1991), que, muito influenciado pelos escritos de René Girard, defende a ideia de Édipo não ter matado seu pai nem dormido com sua mãe, mas, sim, concluído erroneamente que o fez a partir de relatos incertos e entrecortados. A esse respeito, com uma posição mais conciliadora entre os dois polos, o artigo de Koper (2006) traz reflexões interessantes, concluindo que a peça é exemplar em mostrar o movimento, presente também na *Oresteia*, de Ésquilo, de substituição da vindita tribal pela justiça investigativa, lá representada pela fundação do tribunal do Areopágo, e, no *Édipo Tirano*, representada pelo processo de investigação conduzido por Édipo.

defendem a autenticidade dos versos, como Arkins (1988), que se baseia no estudo de Roberts (1987) sobre *coda* trágicos para argumentar que os versos finais são responsáveis por oferecer uma visão que passa da vida específica de Édipo para uma constatação sapiencial e universal a respeito da vida humana, expediente que seria necessário para concluir as tragédias em geral. Recentemente, Kovacs (2009) e Sommerstein (2011) deram continuidade à discussão, com o primeiro argumentando que só parte desses versos seriam espúrios e que o final, com Édipo entrando no palácio, seria adequado pela menção de um novo mal vindouro, que seria referência à guerra dos filhos de Édipo, relatada nos *Sete contra Tebas*, de Ésquilo. Sommerstein, por sua vez, argumenta contra as ideias de Kovacs, afirmando que, entre os versos 1468 e 1523, muitas características importantes das cenas iniciais da peça são repetidas ou mesmo contrariadas. Como se trata, portanto, de um debate ainda em aberto, e como os versos finais já fazem, de certa forma, parte da tradição de leitura da peça, optei por mantê-los nesta edição, sem emitir juízo a respeito de sua autenticidade ou não, mas reproduzindo aqui, muito resumidamente, a discussão que se tem feito a esse respeito.

# Referências bibliográficas

## Edições consultadas

SÓFOCLES. *Oedipus the king. Oedipus at Colonus. Antigone.* Ed. de Francis Storr. Londres; Nova York: William Heinemann; Macmillan, 1912. (The Loeb Classical Library, 20).
_____. *Oedipus Rex.* Ed. e comentários de Roger Dawe. Cambridge: Cambridge University Press, 1982.

## Traduções consultadas

SÓFOCLES. *Édipo Rei de Sófocles.* Trad. de Trajano Vieira. São Paulo: Perspectiva, 2007.
_____. *The Oedipus Tyrannus of Sophocles.* Ed., trad. e notas de Sir Richard Jebb. Cambridge: Cambridge University Press, 1887.

## Referências

AHL, Frederick. *Sophocles' Oedipus: Evidence and Self-Conviction.* Ithaca; Londres: Cornell University Press, 1991.
AHRENSDORF. Peter J. "The Limits of Political Rationalism: Enlightenment and Religion in *Oedipus the Tyrant*". *The Journal of Politics*, v. 66, n. 3, pp. 773-99, 2004.

ANTUNES, Leonardo. "26 poemas homéricos". *Cadernos de Literatura em Tradução*, v. 15, pp. 13-23, 2015.

\_\_\_\_. *Ritmo e sonoridade na poesia grega antiga*: Uma tradução de 23 poemas. Dissertação de mestrado. São Paulo, USP, 2009.

\_\_\_\_. *Métrica e rítmica nas "Odes Píticas" de Píndaro*. Tese de doutorado. São Paulo, USP, 2013.

\_\_\_\_. "Abordagens de tradução poética para Safo Fr. 31". *Revista Letras*, v. 89, pp. 223-36, 2014a.

\_\_\_\_. "Entre amores ébrios e fazer artístico: Tópoi e Poíesis nas *Anacreônticas*". *Estudos Linguísticos e Literários*, v. 1, pp. 374-85, 2016.

\_\_\_\_. "Métrica, rítmica e tradução das *Anacreônticas*". *Alethéia*, v. 9, pp. 1-11, 2014b.

\_\_\_\_. "Os fragmentos elegíacos de Anacreonte (em traducão rítmica)". *CONEXÃO LETRAS*, v. 12, pp. 81-90, 2017.

ARKINS, B. "The Final Lines of Sophocles, *King Oedipus* (1524--30)". *Classical Quarterly*, v. 38, pp. 555-8, 1988.

BUDELMANN, Felix. *The Language of Sophocles*: Communicality, Communication and Involvement. Nova York: Cambridge University Press, 2006.

\_\_\_\_. "The Mediated Ending of Sophocles' *Oedipus Tyrannus*". *Materiali e Discussion per l'Analisi dei Testi Classici*, n. 57, pp. 43-61, 2006.

CAMPOS, Haroldo de. *Transcriação*. São Paulo: Perspectiva, 2013.

CASTILHO, A. F. de. *Tratado de metrificação portuguesa*. Lisboa: Libraria Moré-Editora, 1874.

CATENACCIO, Claire. "*Oedipus Tyrannus*: The Riddle of the Feet". *The Classical Outlook*, American Classical League, v. 89, n. 4, pp. 102-7, 2012.

DAWE, R. D. "On Interpolations in the Two Oedipus Plays of Sophocles". *Rheinisches Museum für Philologie*, v. 144, pp. 1-21, 2001.

ECO, Umberto. *Obra aberta: Forma e indeterminação nas poéticas contemporâneas*. Trad. de Giovanni Cutolo. São Paulo: Perspectiva, 2010.

\_\_\_\_\_. *Quase a mesma coisa: Experiências de tradução*. Trad. de Eliana Aguiar. Rio de Janeiro: Record, 2007.

EDMUNDS, Lowell. "The Cults and the Legend of Oedipus". *Harvard Studies in Classical Philology*, v. 85, pp. 221-38, 1981.

GONÇALVES, Rodrigo Tadeu; GONTIJO FLORES, Guilherme. *Algo infiel – corpo performance tradução*. São Paulo: n-1 Edições, 2017.

GRIFFITH, R. Drew. "Oedipus Pharmakos? Alleged Scapegoating in Sophocles' *Oedipus the King*". *Phoenix*, Classical Association of Canada, v. 47, n. 2, pp. 95-114, 1993.

HARSH, Philip W. "Implicit and Explicit in the *Oedipus Tyrannus*". *The American Journal of Philology*, v. 79, n. 3, pp. 243-58, 1958.

KOPER, Peter T. "Myth and Investigation in *Oedipus Rex*". *Contagion: Journal of Violence, Mimesis, and Culture*, v. 12/13, pp. 87-98, 2006.

KOVACS, David. "Do We Have the End of Sophocles' *Oedipus Tyrannus*?". *The Journal of Hellenic Studies*, The Society for the Promotion of Hellenic Studies, v. 129, pp. 53-70, 2009.

LATTIMORE, Steven. "Oedipus and Teiresias". *California Studies in Classical Antiquity*, v. 8, pp. 105-11, 1975.

MARSHALL, Francisco. *Édipo Tirano: a tragédia do saber*. Brasília: Ed. da UnB, 2000.

ROBERTS, D. H. "Parting Words: Final Lines in Sophocles and Euripides". *Classical Quarterly*, v. 37, pp. 51-64, 1987.

RYZMAN, Marlene. "Oedipus, Nosos and Physis in Sophocles' *Oedipus Tyrannus*". *L'Antiquité Classique*, t. 61, pp. 98-110, 1992.

SCOTT, William C. "Musical Design in Sophocles' *Oedipus Tyrannus*". *Arion: A Journal of Humanities and the Classics*,

Third Series, v. 4, n. 1, The Chorus in Greek Tragedy and Culture, Two, pp. 33-44, 1996.

SILBERMAN, Lauren. "God and Man in *Oedipus Rex*". *College Literature*, v. 13, n. 3, pp. 292-9, 1986.

SOMMERSTEIN, Alan H. "Once More the End of Sophocles' *Oedipus Tyrannus*". *The Journal of Hellenic Studies*, The Society for the Promotion of Hellenic Studies, v. 131, pp. 85--93, 2011.

VELLACOTT, P. H. "The Chorus in *Oedipus Tyrannus*". *Greece & Rome*, v. 14, n. 2, pp. 109-25, 1967.

\_\_\_\_. "The Guilt of Oedipus". *Greece & Rome*, v. 11, n. 2, pp. 137-48, 1964.

VERHOEFF, Han; HIJKOOP, F. "Does Oedipus Have His Complex?". *Style*, v. 18, n. 3, pp. 261-83, 1984.

VERNANT, J.-P.; VIDAL-NAQUET, V. "Édipo sem complexo". In: \_\_\_\_. *Mito e tragédia na Grécia antiga*. São Paulo: Perspectiva, 2005, pp. 53-71.

# Édipo: a encruzilhada fatal

Maria Homem

> *Quanto a mim, quero saber a minha origem*
> Édipo, *Édipo Tirano*

A peça de Sófocles é o primeiro grande thriller da história ocidental: uma história de detetive, com várias peripécias e mortes, e um crime central, do qual se busca o assassino. Quem matou Laio? Fio condutor do suspense. A essa camada se superpõe uma história de investigação de si mesmo, um processo – trágico – de desvelamento de si. O detalhe é que desde o início somos advertidos pelo cego que mais vê, Tirésias, de que o saber pode ser perigoso: "Como é terrível o entender sem benefício a quem entende!".

Mil vezes tentaram demover Édipo de sua busca, mil vezes ele insistiu em continuar. Todos – seus amigos, seus inimigos, o coro, o cego, sua mulher – tentaram lhe dizer que parasse com sua busca. Não houve jeito, como se ele tivesse sido mordido pelo irresistível *desejo* de saber, que se apresentava em toda a sua potência e não iria recuar por nada no mundo, posição radical da filosofia que se afirmava no século V a.C. de Atenas. Desejo irredutível, tal como aquele que, em outra peça da trilogia, honrará a filha de Édipo, Antígona, a que não recua de sua posição diante do poder nem diante da morte. Apesar de seus pés inchados, Édipo não para de andar. E de "ver". Afinal, ele era aquele que "via demasiado a cidade". Aqui sua *híbris*? Essa a desmedida do herói? Sem dúvida, seu desejo de verdade era além da conta.

Já no desfecho, momentos antes da revelação final, o coro diz: "Tenho medo de que desse silêncio se prorrompam males!". Ao que o intrépido herói responde: "Irrompa quanto for preciso! Quanto a mim, quero saber a minha origem". Ele segue até o fim, até sua própria desgraça. Como se Édipo fosse o grego mais fiel à inscrição do oráculo: Conhece-te a ti mesmo. Sim, o destino de um homem está profundamente enraizado no conhecimento que ele tem de si mesmo, e não será Édipo que recuará de seu trágico desejo de saber mais, e mais.

Por três vezes Édipo "foge" do seu destino, mas o reencontra. Tebas, Corinto, estradas da vida, retorno a Tebas. Se ousássemos fazer uso de uma episteme moderna, diríamos que ao sujeito não é propriamente dado fugir de seu próprio inconsciente: com aquilo que se recalca continuamente, mas que não cessa de pulsar, há de haver o encontro. Encontro com o inconsciente, com o saber insabido, que retoma a origem, a própria história e o desejo que a tece. Édipo segue até o final, sem saber muito bem, mas precisando sorver cada gota do que se oferece, até do escravo que só fala sob tortura.

O que se chama destino se enlaça assim ao desejo inconsciente e usualmente repete o formato de uma fuga que, no entanto, parece levar ao reencontro (inescapável) consigo. Esse um dos grandes nós do humano, espécie de mola propulsora de todas as histórias. Que por sua vez encontra outro ponto nevrálgico de nosso espanto. Somos livres ou estamos destinados? Édipo nos mostra que não há resposta unívoca para essa pergunta. Destino e arbítrio são duas faces da mesma moeda. A escolha aqui encontra *týkhe*, o Acaso, ou a Fortuna, que, boa ou má (pouco importa), é a parte que paira para além da consciência humana individual. Da ordem do necessário? Acaso é o que se apresenta, o jogo que nos é dado, para nós mortais.

Enfim, o plano dos deuses e o dos homens acabam por se encontrar, dos desígnios conscientes e inconscientes e de todos os outros, pura Alteridade. Os humanos não são fantoches dos deuses – nem em Sófocles nem nos gregos, que inventaram a filosofia, nem nos modernos, nem hoje. Há brecha. Estreitas, mas brechas. Elas se revelam na nossa posição diante de cada rachadura no edifício de nosso sistema de vida.

Tal como no desenrolar de toda épica – ou de uma análise –, Édipo depara com a primeira dessas fissuras, que acabará por abrir um fosso na sua até então estável visão de mundo: você não é quem pensa ser. O que abrirá espaço para um processo de interrogação que, cada vez mais, não terá como não constituir uma implicação subjetiva, figura afinal tão cara à modernidade: se não sou isso, o que sou então? E o que tenho a ver com aquilo que me acontece? Ou, colocando em termos mais amplos: quem somos nós, afinal? O que estamos fazendo conosco e com o planeta?

Quando Édipo se torna adulto, um homem embriagado – ou seja, tomado por Dioniso – lhe coloca uma pulga atrás da orelha, quase literalmente: ele lhe diz ao pé do ouvido que Édipo não era filho de seus pais. Pois bem, aí começou a coceira que não o deixou mais. Ele sai "da festa" e procura ajuda. Vai ao oráculo de Delfos, do deus Apolo – irmão gêmeo antagônico, ou seja, antitético, de Dioniso, na velha batalha entre o racional e o irracional. Deu-se assim o início de sua longa busca: se não sou filho de meu pai, quem sou? Mas o oráculo não responde sua pergunta e lhe diz: você matará seu pai e casará com sua mãe. Como se calar ou se aquietar diante disso? São simplesmente os dois piores crimes que incidem sobre os dois tabus que persistem no Ocidente: parricídio e incesto.

Diante desse enigma, ao longo da ação Édipo encontra três formas de materializá-lo, cada vez mais estreitando o cerco sobre sua própria consciência. Assim se ordenam as três questões que norteiam o desenvolvimento da tragédia. A primeira abre a peça, também via oráculo, e nosso thriller: quem matou Laio? A partir daí Édipo vai investigar esse crime e se pergunta, inclusive, por que ninguém o investigou antes. Aí se configura a segunda indagação: serei eu o assassino de Laio? Até que, avançando na peça, Édipo chega à terceira e principal questão: quem sou eu?

Ao longo de todo esse desenrolar, acompanhamos o infindável embate entre aquele que é sujeito de razão, desejo e ação ao mesmo tempo que assujeitado a honrar seu *daimon*: "Que minha moira vá para onde quer que vá".

Quando chega a notícia da morte do rei de Corinto, Édipo parece aliviado, e livre desse assujeitamento. Porém, a paz dura pouco, pois o mesmo mensageiro já informa que Édipo não é filho dele. Enfim, estamos diante da realização do trágico, que paira sobre nós desde o início da narrativa. Os eventos se precipitam, e a verdade vem à tona. Jocasta é a primeira a se dar conta e se mata ao lado de seu leito. Leito sendo o *locus* sagrado e simbólico em que todo o ciclo da vida se fez – nascimento, fertilidade e morte –, mas também infernal, onde Jocasta gerou, pariu e furou os pés do filho; onde o recebeu de volta e com ele gerou novas vidas.

Édipo assiste à cena de Jocasta se enforcando. Clímax da consciência. Então fura os próprios olhos, realizando a consumação de uma das imagens mais centrais da peça: se quando podia ver não foi capaz de enxergar, agora que sabe, agora que vê, não deve mais ver. Assim se cega, por não poder ver e por não suportar ver. Enfim, Édipo chega a seu destino, seu desejo, seu fantasma.

Voltamos ao oráculo e ao imperativo formulado há milênios: saiba quem tu és. Eis aqui a matriz primeira, raiz que move o pensamento e provoca o surgimento de todas as disciplinas centradas no humano. Alguns séculos mais foram necessários, com avanços e recuos, até o surgimento das ciências ditas humanas, especificamente centradas nesta pergunta: afinal, o que é o homem? O que nos leva a outro desenrolar, próprio da modernidade.

> *Cada pessoa da plateia foi um Édipo um dia.*
> Freud, carta 71

Muitos séculos depois da primeira encenação de *Édipo*, temos a seguinte situação: um jovem médico que havia começado a vida engajado na ciência, buscando decifrar a bioquímica neuronal, agora recebia pacientes em Viena, e ouvia repetidamente algo que acabou por lhe chamar a atenção. Como foi essa história?

Havia anos Freud vinha escutando histórias, traumas, sonhos, desejos ocultos, fantasias. Como se sabe, ele ousou acatar a sugestão de uma de suas primeiras pacientes, que lhe disse, basicamente, para ficar quieto e deixá-la falar. Ou seja, deixar que o *saber* viesse do próprio "paciente", que se tornava então agente. E assim foi se construindo uma nova forma de acessar a psique e um sistema de pensamento para dar conta do que advinha daí: um novo campo conceitual, que visava decifrar os processos e conteúdos não conscientes e as forças que estavam em jogo em nossa estrutura subjetiva.

A psicanálise é, assim, uma espécie de microscópio da psique, talvez o mais interessante que a metodologia moderna encontrou para vascular os interiores da alma – já que esta ou, digamos, a mente dialetiza com um universo simbólico complexo a tal ponto que talvez seja ainda muito intricado para ser destrinchado plenamente pelas nossas materiais e substanciais neurociências (embora talvez esse sempre tenha sido um sonho de Freud). Essa nova arte da palavra funciona como um funil por onde escoam os dizeres, proibidos sobretudo, recalcados, de uma época. Um campo de segredo.

E o que essas lentes mostravam? Um dia Freud se deu conta de que, por trás de todo um universo de relatos de vida singulares, ouvia quase sempre a mesma história de seus pacientes: algo que esbarrava na imagem, na fantasia de matar o pai e dormir com a mãe. Ou matar a mãe e dormir com o pai. Espécie de núcleo que se repetia invariavelmente em cada universo psíquico, um "romance familiar". No meio do trabalho de elaboração teórica de todo esse material clínico, a morte de seu pai precipita Freud em um processo de luto e em uma espécie de análise que o leva a buscar interpretar os próprios sonhos e a decifrar a verdade de seus desejos ocultos. E nesse momento o que lhe vem à mente? O que viria a se tornar um dos grandes insights e certamente um dos mais famosos conceitos da psicologia: o complexo de Édipo. Como ele diz na famosa carta 71 a seu colega Fliess: "também em mim comprovei o amor pela mãe e os ciúmes contra o pai – e hoje os vejo como um fenômeno geral da primeira infância".

Nesses meses de angústia e criação, no final de 1897, Freud parte da clínica, passa pela sua própria experiência e traz o aporte da cultura a fim de nomear um fenômeno psíquico. Todos nós fomos um dia um pequeno Édipo e "recuamos, horrorizados, diante da realização dessa fantasia". Fantasia que nos daria um lugar que faria sentido no caótico mundo das representações e dos desejos: ocupar o lugar de um (o pai) e possuir o outro (a mãe), repetindo o modelo da geração anterior. Ou seja, a linha conservadora da civilização nos daria um modelo a ser seguido, em que se delinearia a dupla hélice da corrente identificatória, do "ser" (identificar-se com o genitor de mesmo sexo, o pai), e da corrente desejante, do "ter" (desejar o genitor de sexo oposto, a mãe). Eis a lógica do desejo inconsciente, que insistiria sobre nós.

É pela via dessa matriz que Freud interpreta Dostoiévski, Goethe, Jensen, Shakespeare... É por causa desse complexo inconsciente que Hamlet "hesita tanto em cumprir a vingança que seu pai lhe solicita: na verdade, o que o tio fez – matar o pai e dormir com a mãe – é exatamente aquilo que ele tinha vontade de fazer, mas não podia assumir". Enfim, foi assim que Freud descobriu (ou inventou; há debates) na virada para o século XX, o complexo de Édipo. A história do soberano que até hoje nos causa um "feitiço apaixonante" revive no inconsciente de cada um da plateia. Afinal, o "mito grego retoma uma compulsão do destino que todos respeitamos porque percebemos sua existência em nós mesmos".

Neste momento, deparamos com uma pergunta que insiste, como se estivéssemos diante da Esfinge: estamos fadados a esse quadrante? Se o complexo edípico esbarra em uma "compulsão do destino", estaríamos então sob uma matriz que pensaria o humano de alguma forma sempre dilacerado entre a liberdade de escolha e os deuses, ou entre *lógos* e *daimon*? O detalhe é que o cogito cartesiano no início do século XVII e, sobretudo, a modernidade esclarecida do XVIII não pretendia ter estabelecido de uma vez por todas um ser pensante, capaz de utilizar o método certeiro para distinguir as ideias claras e verdadeiras? A luz da razão não nos move?

Parece que Freud é, ao mesmo tempo – e aí sua força e sua permanência –, um fruto da modernidade, pois busca amplificar cada vez mais a poderosa luz da racionalidade, que seria capaz de não recuar diante dos recantos ocultos de nossa alma, ousando abrir a caixa de Pandora do inconsciente e manejar seus demônios fantásticos e suas estruturas cifradas, e quem coloca em xeque um sujeito kantiano calcado nas ideias de autonomia e livre-arbítrio. Razão? Consciência? Liberdade? Valores tão caros ao projeto humanista... No entanto, a própria modernidade já vem construindo sua vasta crítica, com o próprio Kant e o romantismo, no final do século XVIII, e ao longo de todo o XIX, sobretudo com Hegel, Marx e Nietzsche. O espírito, a consciência e a moral esbarram na história, na dialética, na alienação, na metafísica e no desejo de ilusão. O terreno está pronto para a subversão freudiana, que irá postular um sujeito, sim, mas sujeito do inconsciente, cindido, cego em algum ponto – Édipo radical –, atingido pela opacidade que lhe será agora companheira (desejada ou não, denegada ou não). E como anda sobre a terra esse ser trágico? Apoiado em seu cajado, movido por forças que o ultrapassam, as quais ele busca por vezes dominar, sejam elas Eros, sejam Tânatos, eróticas ou mortíferas, que, aliás, nos atravessam quase sempre cruzadas, habitando uma subjetividade sempre heterodoxa.

À diferença dos gregos – e talvez nem tanta quanto imaginaríamos ou gostaríamos – nós modernos não necessariamente colocamos essas forças em um espaço transcendental numa acepção que beiraria o místico (somos conduzidos por forças divinas), mas as trazemos para perto de nós, para dentro de nós (somos movidos por nossos próprios desejos, mesmo que inconscientes). Forças que teriam a ver com nosso ser, nosso corpo, nossos impulsos e os significados que buscamos ordenar para dar conta de criar um sentido para esse ser que vem ao mundo em convulsão. Sabemos há algum tempo que criamos (há milênios) teorias para dar conta do que nos acontece, e por isso somos seres condenados ao sentido. O curioso é que Freud percebeu, ouvindo seus pacientes adultos, que invariavelmente se chegava a um imaginário de sedução na infância. Depois de longos volteios, Freud se dá conta de que o mecanismo psíquico era de fato outro, e cunha um dos mais interessantes conceitos da psicanálise, em consonância direta com o complexo edípico: a ideia de fantasia. Um dos princípios fundamentais do funcionamento mental, que ele chamou de princípio do prazer, apoia-se nessa ideia; e a vida humana pode ser vista como uma mal orquestrada dialética entre o funcionamento fantasmático desse princípio que busca se defender dos mecanismos de pensamento que numa hercúlea tarefa tentam nos manter no princípio da realidade. Se levarmos esse movimento à sua radicalidade, teremos um patético quadro da vivência do nobre sapiente: sempre buscando dissuadir a si mesmo de se deparar com a aridez do Real. Não podemos deixar de lembrar de Édipo, o tirano de incansável desejo de verdade.

E o que essas fantasias fundamentais tecem? Tramas com as coisas à mão, os objetos que formam o campo psíquico mais ao redor de um sujeito sem centro. É assim que nosso outro herói trágico – cada um de nós – percebe que "a fantasia sexual apropria-se quase sempre do tema dos pais". A sensibilidade da escuta freudiana captou esse movimento, que todos fazemos, de uma forma ou outra. Mais tarde, ao longo de sua obra, Freud se deu conta de que a via sacra edípica não é só "matar o pai e dormir com a mãe". As coisas são ainda mais complicadas. Haveria um momento anterior e não menos marcante de "investimento libidinal": a primeira etapa, para cada humano, foi o vínculo com a mãe, primeiro grande objeto de amor, primeiro Outro. A partir da arquitetura específica do núcleo familiar e dos enredos vividos, teríamos algumas saídas, diferentes formas de dissolução do complexo de Édipo. Mas sempre tendo uma imensa tarefa pela frente, a de elaborar o luto dessa primeira conexão e reorientar nossas forças para a construção de "objetos" futuros: objeto do ponto de vista psíquico, sobre o qual o sujeito deposita suas forças e fantasias. A menina teria de fazer uma volta a mais que os meninos, pois que deveria deslocar a libido do primeiro e pregnante objeto, materno, e depositá-la sobre o pai/homem. Os meninos também fariam o luto da mãe, mas escolheriam outra mulher para colocar em seu lugar. Talvez por isso a cultura faça tantas piadas com a figura da "sogra", lugar conflitante com o da outra mulher que o filho escolheu (e vice-versa), e talvez também por isso muitos homens fiquem sempre divididos entre duas ou mais mulheres, como se fosse quase impossível deslocar a figura da mãe de um lugar simbólico privilegiado. E, quem sabe, aqui a origem do nó mãe/mulher e mulher/mulher que gera tanto conflito na cultura e entre as mulheres. Além disso, temos toda a gama de recuos ou retornos, em que o amor da mãe resta imbatível, diva eterna, imagem à qual emprestarei meu ser e/ou meu corpo para construir uma estrela, numa lógica homo, trans ou transcendente. Poderíamos, a partir daqui, desfiar o fio de Ariadne e contar inúmeras histórias, todas aquelas que a clínica e nosso próprio inconsciente nos revela.

Essas tramas esculpem, assim, o núcleo social que opera as formas de subjetivação em jogo nesse momento histórico (como diria Foucault), e, sabemos, estamos no âmbito da invenção da família nuclear moderna, em que as *imagos* dos pais são cartas marcadas do baralho. Foi isso que a clínica revelou a Freud e seu grupo, e o que, de certa forma, continuamos a receber com nossos instrumentos de observação e mensuração das letras significantes na experiência clínica. "Pais" podendo ser o clássico casal heterossexual (em extinção?) ou quaisquer outras formas de amor que valem a pena ou de desamor que gestam tantas crianças mundo afora. "Pais", sobretudo hoje, podendo ser uma dupla ou qualquer tipo de unidade mono, bi, tri, polivalente. Como se sabe, vivemos há algum tempo – poucos séculos e, de forma aguda, poucas décadas – uma revolução sexual, aliás em grande medida também ligada à gramática transformadora dos ensaios freudianos sobre a sexualidade.

> *Se houver de fato alguma força na verdade.*
> Tirésias, *Édipo Tirano*

O complexo de Édipo está, assim, no cerne de uma virada que, além de clínica, é epistemológica e acaba por colocar em xeque ao menos três macrovertentes em jogo na modernidade ocidental: a da concepção de sujeito racional, numa subversão da ontologia delineada na linha que vem desde os gregos, passando pelo cristianismo e afirmada no Iluminismo; a do esfacelamento dos limites da sexualidade patriarcal e hierárquica, binária e heteronormativa; e a do deslocamento, entre ires e vires, do lugar do feminino. Freud dá voz aos histéricos, neuróticos, loucos, enfim, a nós, normais, para além do bem e do mal, do normal e do patológico. O infantil e o adulto se misturam no inconsciente. A sexualidade não é mais prisioneira de um recorte adulto, genital, heterossexual e reprodutivo. Não: a sexualidade é impulso de um corpo marcado por uma complexa escrita de prazer, desde o início da vida até seu final, ela é a um só tempo infantil, adulta, velha. A sexualidade é polimorfa, cheia de desenhos, orifícios, zonas, lanças e sons: o corpo é, mais que biológico, erógeno e erótico, potencialmente todo ele. Muito mais que hetero ou homo, ou com um objeto delimitado a priori, a sexualidade está no limite do pansexual e da construção em aberto. E, finalmente (o que hoje somente alguns insistem em contradizer), está muito aquém ou além de funções reprodutivas. Afinal, sejamos honestos: comparada com a frequência da prática sexual, real e/ou virtual, a vida que consegue se reproduzir a termo é da ordem do raro, muito raro. E inclusive seria muito melhor para a espécie – heroína sobrevivente – se cada novo ser a se gestar pudesse vir acompanhado pelo desejo absolutamente decidido e maravilhado de maternidade e/ou paternidade de almas caridosas e corpos cansados mas felizes de recebê-lo e humanizá-lo.

Enfim, mais que uma montagem a formar corpos obedientes e que pressuporia o desenvolvimento de uma eventual identidade sexual fixa, masculina ou feminina, atravessada pelo imaginário do falo ou da castração, o complexo edípico – cujas formulação e ourivesaria fina se fazem ao longo de toda a obra de Freud – é um *campo de forças*. É um emaranhado de posições e funções subjetivas (dentro de nós e fora de nós, intra e intersubjetivas, em níveis conscientes e inconscientes) em que ao menos três processos fundamentais se constroem, tal como Édipo encontrou seu destino em uma encruzilhada de três vias.

O primeiro longo fio desse labirinto vai revelar a cada um de nós, ser em constituição, que não somos prolongamento do outro. Nem prolongamento, nem complemento, nem falo, nem coisa única, nem pedaço, nem indistinção, nem confusão, nem objeto nem nada dessa ordem. Quer queiramos, quer não, há o Outro. Mas vai revelar também, e sobretudo, o fato de o Eu não existir por si mesmo, nem ser centro nem ser tudo, se, por um lado, faz ferida narcísica, por outro, é alívio. É perda, mas também chance de se colocar no mundo. Há alteridade radical e indevassável, há limite, o terceiro, a lei. Como diria Freud, o complexo de Édipo é também deparar com a posição de "terceiro excluído", aquela que, no melhor dos casos, aprenderemos a simbolizar e sustentar (e sem sofrer tanto).

Aqui podemos colocar uma pergunta: a introjeção da lei ou de uma instância supraegoica a nos vigiar, punir e enxotar a gozar é o melhor que poderíamos obter desse confronto inaugural com o Outro? Seja numa encruzilhada tripartida, seja numa dialética entre senhores e escravos, na constituição do Estado de direito ou de um sujeito humano singular não psicótico nem psicopata, a noção de limite é constituinte. Dizendo de uma maneira clássica, o pequeno bebê edípico continua, tendo já inaugurado a primeira volta da longa corrida do narcisismo, no duro processo de formação do Eu e se debate na quase eterna oscilação entre uma função de "maternagem", ou melhor, de junção, de grudação, e uma função "paterna", de corte, de separação. Nenhum ser humano vivo talvez consiga sobreviver sem se haver com essas duas forças, de buscar se enroscar no ninho ou no cobertor, e de ter de aprender a alçar voos e desejar isso.

Embora fique cada vez mais claro, na clínica e na cultura, o operador central da função de nidação pode até ser o corpo da mãe (pois que ainda é a fêmea humana que gesta o real embrião e o leite ainda sai das tetas dessa vaca sagrada), mas esse jogo holding × separação é cada vez mais intrincado e não necessariamente submetido à divisão sexual clássica do trabalho. Há homens que amamentam e grudam em suas crias (escondendo-se nelas, projetando-se nelas, ou exercendo a melhor função de sustentação basal necessária à formação minimamente saudável de um ser humano), há mulheres que exercem cortes reais, imaginários e simbólicos e limitam, assim, os contornos de seus filhotes. Ou seja, no início do século XXI, "mãe" e "pai" podem ser lugares bem diversos do que foram um dia. Enfim, a partir de discussões conceituais importantes, como as colocadas por Sándor Ferenczi, Wilfred Bion ou Jacques Lacan, e mais contemporaneamente por Gilles Deleuze, Félix Guattari, André Green ou Judith Butler, não temos como não traçar uma crítica ao conceito de sujeito, ao lugar transcendente da lei e das funções materna e paterna que a ideia do complexo de Édipo nos coloca.

Numa toada paralela, alguns debates buscam ainda ajustar uma sintonia fina e criticam a ênfase que a primeira psicanálise deu às relações verticais (pais × filhos), devendo ampliar o foco para as horizontais, destacando o impacto do ciúme, da inveja e da rivalidade entre irmãos, ou entre pares, ou mesmo entre pais e filhos colocados numa relação imaginária de iguais sobre o processo de constituição subjetiva. Porém, de certa forma, sabemos que essa operação sempre esteve em jogo, pois o que faz corte é essencialmente a presença incontornável de uma alteridade que rompe o laço imaginário e totalitário mãe-bebê. Aliás, não deve ser à toa que essa totalidade mãe-bebê é uma das imagens mais arquetípicas e reproduzidas da nossa cultura.

A segunda trilha a ser percorrida pelo pequeno candidato a sujeito na encruzilhada edípica é refinar o processo, que começou lá no narcisismo (de fato desde o início da vida), de apropriação de um corpo: a subjetivação de um corpo próprio, erótico e pulsante. Para além de ser feito *seu*, o corpo é *eu*. O outro é quase sempre alteridade opaca e imagem projetada de meus fantasmas. Afinal, quais os limites entre o eu e o outro? Pergunta tão antiga... Meu corpo, a despeito de minhas fantasias e desejos de indistinção ou de controle, sou eu e um pouco do outro, carrega essa borda que é também equívoco e ambiguidade.

Afinal, o corpo não é, tal como desenhado na construção individualista moderna, uma estrita unidade autônoma e psiquicamente fechada em si mesma, como por vezes a ficção nos leva a imaginar (bolhas ou cápsulas ou ilhas) ou alguns efeitos da cultura nos obrigam a questionar (as curiosas notícias de garotos que podem ficar anos sem sair de um quarto, gerando moeda e recebendo comida, únicos esteios de realidade externa aos quais conseguem conectar seu corpo). Não, o contemporâneo está quebrando os limites do corpo uno. A clínica tem mostrado que no sexo entre duas pessoas, por exemplo, temos na verdade vários seres envolvidos: trata-se sempre de uma miríade de corpos, fantasias, memórias, peles, partes de frases e vivências. Não funciona se não é assim. Ou seja, o objetivismo não seria propriamente a melhor matriz para capturar a sexualidade humana, ou qualquer outro processo psíquico. A encruzilhada edípica é isso também: vamos desenhando inconscientemente os detalhes excitantes desse filme, num jogo sempre com toques sádicos e masoquistas, em que Eros encontra Tânatos e faz as alegrias da carne, daí em diante marcada por imagens, narrativas e fluxos. O pequeno ser se inspirou no que imaginou da sexualidade adulta, animal, fantástica; dos pais, dos vizinhos, dos primos, de si? Claro, a cada um a sua história, a cada um uma "cena primária" a fantasiar. Usamos nossos próximos para isso, nosso núcleo proximal quase sempre chamado familiar. Sim, estavam à mão. Por mais que fujamos, eram eles que estavam por perto quando o corpo se fazia desejante e crescido. Eram origem e destino, mas também, de fato, eram somente esboços, traços de histórias que impregnaram o ser.

E, por fim, a terceira e talvez mais conhecida faceta da matriz edípica: como se colocar diante do sexo, ou melhor, do (grande) enigma da diferença sexual? Basta recordar seus sonhos, fazer uma análise, fazer sexo, não fazer sexo, ter um filho ou abaixar-se para escutar as crianças que a questão surge em sua inteireza: afinal, que cargas-d'água é essa história de menino e menina?

Esse é um dos primeiros grandes embates filosóficos, digamos, teóricos, e de inúmeras consequências práticas para nosso pequeno humano. A *diferença* nunca foi conceito fácil, e não sei se a espécie humana está à altura dele. Pois que sempre caímos na régua unidimensional, isto é, fálica, e ditamos uma escala unívoca para alocar a diversidade dos seres, corpos, órgãos. Ter ou não ter algo, objeto fetiche e mágico, conceito por excelência que atravessa a longa dialética fálico × castrado que Freud tão insistentemente cifrou e milhares depois dele obedientemente repetiram. O falo está nos programas de TV, nas telas de cinema, na lógica publicitária geral que move nosso desejo mais primário. Por que meninos e meninas haveriam de se formar diferentemente? O caso é que estão se formando diferentemente. Se é de forma submetida à lógica de completude fálica, veremos. De novo: afinal, o que é homem e mulher? Não sabemos ao certo, e talvez não importe. Arriscado dizer isso, mas é o mais interessante a se colocar neste momento que, ao esticar tanto, estilhaça os gêneros.

O Édipo convoca uma trama intrincada, sem desfechos certeiros e, por vezes, fatal. Fatal no sentido em que podemos nos deixar aprisionar muito tempo – décadas – diante das identificações em jogo, sem daí extrair uma eventual ferramenta de gozo, que seria o melhor a se fazer desse estrangulamento de sentido em nossas vidas que é o complexo de Édipo. E fatal num sentido mais arcaico: depois dessa travessia não somos mais, de qualquer maneira, os mesmos de antes. Mesmo que hoje possamos ter maneiras por vezes evasivas, por vezes transcendentais de lidar com ele. O que nos leva ao próximo e último passo deste posfácio.

O complexo de Édipo veio à luz em parentesco com pilares centrais da modernidade: uma subjetividade individual com uma identidade desvelada e assumida; subjetividade essa que se "desenvolve", sobretudo, a partir de um processo de constituição desejante; processo cuja cena central replica o desenho da "célula mater" social desse momento histórico, a família nuclear heterossexual "burguesa". Pois são justamente essas três *metaficções modernas* que parecem hoje, no início do século XXI, se desmanchar. Ao menos sua estabilidade e hegemonia estão sendo postas em xeque (não sem resistência).

A concepção tradicional de *sujeito* traz a ideia de um indivíduo marcado por uma identidade unívoca mais ou menos bem estabelecida, tanto no tempo como no espaço. Se na prática essa ideia nunca funcionou muito bem, hoje podemos dizer que de fato os processos de diluição se aceleram, ao mesmo tempo que as lutas identitárias e por vezes tribalizantes nunca tenham estado tão à tona. Queremos crer que o sujeito não tem densidade nem permanência, não tem uma identidade fixa, é um ser constituído e reconstituído dentro de um processo histórico e social que define continuamente seus contornos – políticos, éticos, estéticos, eróticos e, de certa forma, a observar o andar da carruagem, materiais, bioquímicos e corporais. Afinal, por que se aprisionar num corpo de homem ou de mulher, no calabouço do sexo? Gêneros em mutação talvez nos interessem mais. E, por que, radicalizando o fio do raciocínio, uma identidade fixa enquanto "humano"? Por que essa espécie? Talvez eu queira experimentar novas e outras formas de sentir, farejar, olhar, trepar. Por que objetos vestíveis de uma realidade virtual não me propiciariam o prazer de um olhar noturno, como o dos morcegos? E se eu gostar, e quiser implantar eletrodos em meus neurônios e assim olhar a realidade?

Essas ideias sem dúvida se chocam com o núcleo duro da modernidade que apontava para procedimentos de categorização, dos quais uma certa leitura clássica e "ortodoxa" do complexo de Édipo é, em alguma medida, derivada – a que defenderia duas grandes linhas de diferenças, sexual e geracional: há homens e mulheres; há pais e filhos, pais com autoridade, filhos com obediência. Basta pensar em Maio de 1968 ou nas vanguardas da contracultura para saber que talvez essas ordenações não funcionem mais muito bem, embora por vezes, apesar de, para além de movimentos moralistas de defesa da "família" (e eventualmente de "jesus"), certa psicologia busque retornar hoje. Não sei se conseguiríamos restringir a noção de diferença a uma lógica binária de produção, que se caracterizaria pelas oposições natureza/cultura, sexo/gênero, masculino/feminino, atividade/passividade, heterossexualidade/homossexualidade. O anseio simbólico humano, por mais que queira ser ordenador de caos, parece não estar mais conseguindo dar conta de um paradigma dualista.

Esse é um dos grandes debates epistemológicos no campo das humanidades hoje, e da psicanálise em particular. Debate com efeitos tanto teóricos – complexo de Édipo histórico, essencialista, estrutural? – quanto clínicos: as psicopatologias ou "transtornos" clínicos devem ser lidos de qual prisma, tendo um germe de formação a partir da matriz narcísica, edípica ou outra? Como situar os estados-limite, borderlines, adictos, melancólicos? As novas formas de sofrimento psíquico demandariam novas lupas conceituais ou ajustes nas ferramentas. Podemos compreender o Édipo como uma montagem – inevitável, plural e com determinadas posições – que convida cada subjetividade a encontrar sua forma singular de travessia.

Atualmente, se transformam os processos de constituição do sujeito e, assim, dos objetos (psíquicos). Como aponta Butler: uma mulher pode se conectar com o resíduo fantasmático de seu pai em outra mulher, ou projetar sua ligação com o ninho materno pela via da relação com um homem provedor. Aqui, estamos no campo do heterossexual? Do homossexual? Ou, ainda, um homem pode se identificar com a mãe e desejar uma mulher ou outros homens, a partir dessa identificação. E se esse homem mantém um corpo de homem, o transforma num corpo de mulher, andrógino, trans, o que ele é? E se esse novo ser, trans, deseja outro homem ou uma mulher, a partir de um amplo espectro de genitálias e marcas, seu desejo seria heterossexual, homossexual, gay, lésbico ou intersexo? Quem tu és, Édipo?

Há (felizmente) muitas outras formas de vida e de parentesco pipocando por aí, agora e cada vez mais. Novos Édipos ou mesmo novos complexos nasceriam daí? Estaríamos gestando outras montagens simbólicas para fantasias inconscientes numa era pós-dualista e pós-orgânica?

A individualidade – ou a matriz individualista moderna – parece seguir firme e forte, aliás cada vez menos firme e mais forte: cada vez menos segura de si, pois pode e mesmo deve inventar-se a si mesma a cada momento (a cada estação talvez, tal como a moda, para não perecer), mas também cada vez mais forte, mais "empoderada", com mais apetrechos e multiplicidades. A essa ideia junta-se outro preceito moderno, agora hipermoderno e ultraliberal: a ideia de um projeto de liberdade total para inventar a si mesmo e criar-se, à exaustão. E aqui encontramos o conceito do século, o Elogio da Potência, do desabrochar de todas as potencialidades, do exercer todos os poderes. A nova fantasia é a da libertação de todas as identidades, no mar profundo e prenhe da indistinção. Seríamos então puras multiplicidades, potencialidades? Seria a realização de um antigo sonho.

Os dados estão lançados para a aventura: ainda o gérmen de um Eu à procura de um lugar no mundo, tal como Édipo. Na eterna aventura de buscar construir um lugar. E, para os que terão coragem, um saber.

# Agradecimentos do tradutor

A José Francisco Botelho, pela leitura, pelo apoio e pelo contato com Leandro Sarmatz, a quem também agradeço por ter tão gentilmente acolhido a proposta do livro.

A Breno Battistin Sebastiani, mentor de tantos anos, cujos ensinamentos nortearam o que houver de lúcido nestas páginas, pela generosíssima amizade.

A Rodrigo Gonçalves e Guilherme Gontijo Flores, pela amistosa parceria, pelo contínuo auxílio e pela generosa troca de experiências.

A José Carlos Baracat Júnior, Rafael Brunhara, Eduardo Laschuk, Bruno Palavro, Antonio Sanseverino, Claudia Caimi, Cinara Pavani, Antonio Barros e Rita Lenira Bittencourt, pelas primeiras leituras e pelo constante apoio.

A minha família e a Diandra, por tudo o mais.

SÓFOCLES nasceu em 496 a.C., em Colono, nos arredores de Atenas, e morreu em 406-5 a.C. É hoje reconhecido, ao lado de Ésquilo e Eurípedes, como um dos três grandes dramaturgos de Atenas antiga. Filho de um fabricante de armaduras, teve a oportunidade de receber uma boa educação aristocrática tradicional. Em suas nove décadas de vida pôde testemunhar a glória e a derrocada do império ateniense. Amigo do historiador Heródoto e do estadista Péricles, Sófocles tornou-se uma figura de proa na comunidade letrada, interessando-se desde muito cedo pela poética da tragédia. Em 468 a. C., derrotou, no concurso de espetáculos trágicos das Grandes Dionisías, o veterano Ésquilo, então o mais renomado poeta trágico de seu tempo. Escreveu mais de uma centena de peças, recebendo em dezoito ocasiões o grande prêmio da competição de teatro Dionísia. Contudo, apenas sete de suas peças chegaram completas à atualidade: *Antígona*, *Édipo Tirano*, *Electra*, *Ajax*, *As Traquínias*, *Filoctetes* e *Édipo em Colono*, além do drama satírico *Perseguindo Sátiros*.

LEONARDO ANTUNES nasceu em São Paulo, em 1983. Poeta e tradutor, leciona língua e literatura grega na Universidade Federal do Rio Grande do Sul (UFRGS). É autor dos livros *Ritmo e sonoridade na poesia grega antiga* (São Paulo: Humanitas, 2012) e *João & Maria: Dúplice coroa de sonetos fúnebres* (São Paulo: Patuá, 2017).

BRENO BATTISTIN SEBASTIANI nasceu em São Bernardo do Campo (SP), em 1978. É professor de língua e literatura grega na Universidade de São Paulo (USP) e autor de *Fracasso e verdade na recepção de Políbio e Tucídides* (Coimbra: IUC, 2017) e, com Olivier Devillers, de *Sources et modèles des historiens anciens* (Bordeaux: Ausonios, 2018).

MARIA HOMEM é psicanalista, mestre pela Universidade de Paris VIII e doutora pela USP. Atualmente é pesquisadora do Núcleo de Pesquisa Diversitas, ligado à Faculdade de Filosofia, Letras e Ciências Humanas (FFLCH-USP) e professora da Fundação Armando Álvares Penteado (Faap). É autora de *No limiar do silêncio e da letra: Traços da autoria em Clarice Lispector* (São Paulo: Boitempo, 2015), além de numerosos ensaios e artigos.

© Todavia, 2018

Grafia atualizada segundo o Acordo Ortográfico da Língua Portuguesa de 1990, que entrou em vigor no Brasil em 2009.

capa
Rodrigo Visca
composição
Jussara Fino
revisão técnica
Breno Battistin Sebastiani
preparação
Ana Alvares
revisão
Huendel Viana
Débora Donadel

Dados Internacionais de Catalogação na Publicação (CIP)
———

Sófocles (496 a.C.-406-5 a.C)
Édipo Tirano: Sófocles
Tradução e comentários: Leonardo Antunes
Introdução: Breno Battistin Sebastiani
Posfácio: Maria Homem
São Paulo: Todavia, 1ª ed., 2018
176 páginas

ISBN 978-85-88808-11-9

1. Teatro 2. Tragédia grega 3. Sófocles
I. Antunes, Leonardo II. Título

CDD 882
———

Índice para catálogo sistemático:
1. Teatro: Tragédia grega 882

**todavia**
Rua Luís Anhaia, 44
05433.020 São Paulo SP
T. 55 11. 3094 0500
www.todavialivros.com.br

fonte
Register*
papel
Munken print cream
80 g/m²
impressão
Geográfica